Konrad Reichhold

Rauch an der Kimm

'Der Autor:

Konrad Reichhold wurde 1941 in der Stadt Stralsund in Vorpommern geboren. Vierzehnjährig begann er eine Lehre in der Binnenschifffahrt, die er im Januar 1958 erfolgreich abschloss. Noch im gleichen Jahr nahm er eine Tätigkeit als Matrose bei der *Weißen Flotte* in Stralsund auf. Sein Ziel war es, bei der Handelsflotte der DDR zur See zu fahren. 1959 fuhr er als Matrose auf dem Fährschiff *Sassnitz* der Deutschen Reichsbahn und ab 1960 war er endlich bei der Handelsflotte eingesetzt, wo er bis zum Sommer 1968 verblieb. Aus familiären Gründen gab er danach die Seefahrt auf und begann ein neues Berufsleben im Bauwesen. Auf dem zweiten Bildungsweg erreichte er den Abschluss eines Ingenieurökonomen im Bauwesen und in einem postgradualen Studium den Abschluss als Fachökonom für Rekonstruktion und Erhaltung im Hochbau. Konrad Reichhold hat in den Jahren 2012 bis 2016 den zweisprachigen Erzählband „ Geschichten aus Vorpommern – Vertällungs ut Vörpommern un annerswo" , den Roman „ Segel an der Kimm" sowie die Dokumentation „ Ausgangsdeclaration für die Hafenabgaben zu Stralsund 1849" veröffentlicht.

Konrad Reichhold

Rauch an der Kimm
Historischer Roman
Aus dem Anfang der Blütezeit der Segel- und der
Dampfschifffahrt mit Handelsschiffen

Copyright   : Konrad Reichhold

Autor   : Konrad Reichhold

Cover   : Konrad Reichhold

Herstellg. u. Verlag : BoD Books on Demand, Norderstedt

                 2020

ISBN   9783751993593   :

Inhaltsverzeichnis:

Vorwort

Dieser Roman ist die Fortsetzung meines Romans *Segel an der Kim,* den ich mit dem Ausblick auf die Folgejahre des Jahres 1837 beendete. Die Fortsetzung des Romans mit dem Titel *Rauch an der Kimm* beginnt mit dem Jahr 1838, streift die für das Unternehmen *Malmö-Handelsgesellschaft* und für den Reeder Martin Jachtmann wichtigen vierziger Jahre des 19.Jahrhunderts, leitet über zum Krimkrieg 1853-56 und dann in die Entwicklung der sechziger Jahre des 19. Jahrhunderts. Der Roman endet mit einem Ausblick auf die weitere Entwicklung der Segel- und Dampfschifffahrt in der Zeit der Technischen Revolution im Königreich Schweden.

Konrad Reichhold

Kapitel I
Das Jahr 1838

Die Malmö-Handelsgesellschaft befand sich jetzt, im vierten Jahr ihres Bestehens, in einer stetigen Aufwärtsentwicklung. Die Jahresbilanzen wiesen steigende Gewinne aus, die nicht nur für die Anschaffung neuer Grundmittel eingesetzt wurden. Die ersten Gewinnausschüttungen an die Aktionäre erfolgten und überzeugten die Teilhaber des Unternehmens, dass sie ihre Geldeinlagen in die richtigen Hände gegeben hatten. Der Malmöer Getreidehafen wurde eingeweiht und neue Tiefwassersegler konnten in Charter genommen werden.

Martin Jachtmann konnte im Frühjahr seine bei Möller in Stettin gebaute neue Dreimastbark *August Waterstraat* übernehmen und war nun auf bestem Wege ein Großreeder zu werden. Er setzte die Bark nach einigen Fahrten in der Ost- und Nordsee im Getreideexport nach den Vereinigten Staaten von Amerika ein, denn dort war man wegen einer Missernte vor allem auf den Import von Getreide angewiesen und hatte dafür die Schutzzollpolitik vorübergehend gelockert. Die erste große Fernreise seiner Bark von Göteborg nach New York unternahm Martin als Supercargo. So konnte er einerseits Crew und Betrieb des neuen Schiffes im harten Seealltag einschätzen und andererseits neue Geschäftsbeziehungen in den Vereinigten Staaten anbahnen, ohne sich in den Bordablauf einzumischen. Seine vielfältigen Aufgaben in Malmö und in Stralsund erlaubten keine längeren Seereisen mehr. Es war für ihn der krönende Abschluss seines Seemannlebens, noch einmal eine längere Reise auf einem

Frachtgroßsegler zu machen. Sein Schwiegervater hatte ihn ja gebeten, noch in diesem Jahr die Geschäftsführung des Getreidegroßhandels in Stralsund wegen dessen gesundheitlicher Probleme zu übernehmen. Wohl oder übel musste Martin sich darin schicken. Diese erste Fernfahrt mit seiner Bark wollte er jedoch unbedingt selbst miterleben. So musste der bisherige Verwalter von Augusts Liegenschaften zunächst weiter in Stralsund die Geschäfte ausüben.

Man war jetzt die dritte Woche auf See und hatte noch gut drei bis vier Tage von dieser Position südwestlich der Bermuda-Inseln bis nach New York vor sich. Noch fiel der Wind mit einer leichten Backstagsbrise von Südosten in die Segel, aber das könnte sich hier sehr schnell ändern. Es war wenige Minuten vor sechs Glasen am Vormittag des neunten Septembers, einem Sonntag. Martin Jachtmann verließ seine geräumige Kajüte, die eigentlich für gut zahlende Passagiere vorgesehen war. Er begab sich über die wenigen Stufen des Niedergangs an Deck seines Schiffes. Oben angekommen umfing ihn die frische Seeluft, die er mit vollen Zügen einatmete. Sein Blick umfasste rasch die Stellung der Segel bei dem einfallenden Wind, das jetzt herrschende Wetter und das Aussehen der See. Das Schiff machte flotte Fahrt und Martin war mit sich und der Welt zufrieden Endlich hatte er ein Schiff, das den internationalen Vergleich nicht zu scheuen brauchte. Gegen sieben Glasen würde man den Punkt erreichen, an dem der Kurs direkt auf den Hafen von New York gerichtet würde. An dem halb im Zwischendeck versenkten Deckshaus vorbei, das sich zu zwei Drittel vor dem Besanmast erstreckte, begab sich Martin zum Ruderstand nach achtern. Dort befanden sich Kapitän Schulze, der zweite Steuermann Sturm und ein Rudergänger. Kapitän und Steuermann waren gerade damit beschäftigt, mit ihren Sextanten den Standort des Schiffes zu ermitteln. Martin hielt sich noch einen Moment am Schanzkleid der Leeseite auf bis die beiden ihre Instrumente absetzten, die Werte notierten und sie miteinander verglichen. Beide hatten offensichtlich das gleiche Ergebnis erzielt, denn der Steuermann verschwand im Niedergang zum Kartenraum, um den ermittelten Standort in die Karte einzutragen. Währenddessen begab sich Martin zum Kapitän,

„ Guten Morgen Herr Schulze ! Na, wo stehen wir jetzt? Haben wir den gewissen Punkt schon erreicht?"

„ Guten Morgen Herr Jachtmann ! Ja, wir sind jetzt auf 67 Grad westlicher Länge und 28 Grad nördlicher Breite. Herr Sturm trägt die Position gerade in die Karte und ins Logbuch ein. Wenn er wieder hoch kommt, können wir die Kursänderung vollziehen. Wir können dann also auf Nordnordwestkurs gehen. Bei dem jetzigen Wind brauchen wir die Stellung der Segel ja nur geringfügig verändern, dafür reichen die Männer der Wache aus."

„Ja, das sehe ich auch so, aber ich will mich auch nicht in Ihre Kompetenzen einmischen. So allmählich müssten nun eigentlich langsam mal wieder Segel an der Kimm auftauchen, denn wir nähern uns ja den Häfen an der Südostküste der USA. Meine Brigg *Charlotte – Luise* müsste inzwischen auch schon New York erreicht haben, denn sie war zwei Tage vor uns aus Malmö ebenfalls mit Weizen ausgelaufen. Außerdem könnte auch der schnelle Schoner *Miranda* meines Schwagers

Wilhelm Freese unter Kapitän Ingmar Svensson noch in New York sein. Auch die *Miranda* hat eine volle Ladung Weizen an Bord. Das Schiff ist zwar klein, aber man sagt ja, dass auch Kleinvieh Mist macht. Unsere Gesellschaft hat auch noch einige andere Schiffe gechartert, um die für uns jetzt sehr günstige Lage in den Vereinigten Staaten auszunutzen. Diese erste Reise mit der Bark mache ich noch auf eigene Rechnung, damit ich sehe, wie hier in New York das ganze Geschäft läuft. Was halten Sie übrigens von meiner Bark Herr Schulze? Sie ist ein Entwurf einer Werft in Stettin nach meinen Wünschen."

„ Ja Herr Jachtmann, da kann ich nur sagen, dass es ein sehr gutes Schiff ist. Sie segelt ausgezeichnet, zeigt ein gutes Verhalten in der See und reagiert gut auf das Ruder. Die Crew ist bisher auch vollauf zufrieden. In den letzten Stunden haben wir eine durchschnittliche Geschwindigkeit von achteinhalb Knoten erreicht. Das ist mit dieser vollen Ladung und bei dem jetzigen schwachen Wind doch sehr beachtlich."

Inzwischen war der zweite Steuermann wieder an Deck erschienen Die Kursänderung wurde eingeleitet und die Bark segelte auf dem neuen Kurs weiter mit der Backstagsbrise von Backbord. Martin Jachtmann setzte seine Unterhaltung fort:

„ Ich meine, wenn wir mit mindestens acht Knoten Fahrt weiterlaufen, könnten wir am Donnerstagmorgen die Ansteuerung von New York erreichen. Das wäre für mich sehr günstig, um mich noch über die gegenwärtigen Preise für Getreide zu informieren. In Göteborg wurde mir ein Makler benannt, der hier in New York mit viel Interesse unseren Handel abwickeln kann. Davon will ich mich nun selbst überzeugen. Übrigens wird der Wind gegen Abend wohl mehr direkt auf Südwest gehen. Das Barometer fällt gerade ganz sachte. Was ich noch sagen wollte, ich habe die Absicht, Sie Herr Schulze, zu dem Makler mitzunehmen. Kennen Sie sich in New York ein wenig aus? Ich habe hier die Visitenkarte von dem Maklerbüro."

„ Nun, den Makler kenne ich zwar nicht, aber die Adresse ist auf Manhattan, gegenüber liegt Hoboken, es ist also ganz in der Nähe des Hudson-Rivers. Wir sollten also sehen, dass wir von der Upper-Bay in den Hudson-River segeln. Der Lotse wird sich bestimmt noch besser auskennen. New York ist für unsere Begriffe eine gewaltig große Stadt. Ich denke mal, sie hat gegenwärtig so um die dreihundertfünfzigtausend bis vierhunderttausend Einwohner. Wenn man da einen Liegeplatz an einer ungünstigen Stelle erwischt, muss man unter Umständen schon etliche Kilometer zurücklegen, um an sein Ziel zu gelangen. Zurzeit wird es hier wohl so sein, dass wir wegen des großen Andrangs keinen Platz an einem der vielen Piers bekommen werden, sondern im Hudson-River vor Anker liegen müssen. Das Löschen der Ladung wird dann mittels Leichtern erfolgen."

„ Nun Herr Kapitän, wir werden ja sehen. Immer auf das Schlimmste gefasst sein und auf das Beste hoffen! Das ist einer meiner Wahlsprüche. Wir sehen uns nachher noch beim Mittagessen im Salon."

Nach diesem Gespräch setzte Martin seinen Rundgang an Deck der Bark fort.

Kapitel II

In New York hatte Kapitän Krause inzwischen die Weizenladung der Brigg *Charlotte-Luise* zu den jetzt üblichen hohen Preisen als ganze Ladung auf einen Schlag durch die Vermittlung des von Malmö empfohlenen Maklers verkauft. Immerhin waren das hundertachtzig Lasten und da sprang ein ganz hübscher Gewinn bei raus, wovon auch der Kapitän sicher profitieren würde. Am Donnerstag, den sechsten September, war die Brigg hier in New York angekommen und am heutigen Montag, den zehnten September, war das Löschen der Ladung beendet. Die Laderäume wurden gereinigt und belüftet. Noch hatte Kapitän Krause keine neue Ladung in Aussicht. Zu viele europäische Schiffe lagen hier inzwischen im Hafen herum und warteten auf Rückfracht. In Ballast wollte man natürlich solch eine lange Tour über den großen Teich nicht unternehmen. Gerade läutete die Glocke einer Kirchturmuhr vom Stadtteil Manhattan die elfte Stunde des Vormittags ein, als der für die Malmö Handelsgesellschaft verpflichtete Makler Gustav Anderson an Bord der Brigg erschien und sich auf dem Achterdeck beim Kapitän meldete.

„ Guten Tag Herr Kapitän, ich habe gute Nachrichten für Sie. Zunächst reiche ich Ihnen Post aus Deutschland von Ihrer Familie, dann habe ich hier noch eine Nachricht aus Malmö und dann noch eine Nachricht vom Kapitän Ingmar Svensson vom Schoner *Miranda*. Der Schoner liegt an den Tonnen im East-River. Die gute Nachricht ist, dass ich Ihnen eine gute Rückfracht nach Europa anbieten kann. Sie sehen ja selbst, was hier los ist. Da ist das Beschaffen von lohnenden

Rückfrachten gar nicht so einfach."

„ Ja Herr Anderson das glaube ich Ihnen aufs Wort. Folgen Sie mir bitte in meinen Salon. Da können wir in aller Gemütlichkeit unsere Unterhaltung fortsetzen."

Im Salon angekommen holte Kapitän Krause zunächst eine bauchige Flasche feinsten französischen Cognac der Firma Hennessy aus einem Wandschrank hervor und schenkte zwei Gläser ein.

„So Herr Anderson, bevor wir uns weiter unterhalten, wollen wir uns erst mal stärken und dann möchte ich noch einen schnellen Einblick in die Papiere nehmen, die Sie mitgebracht haben. Zum Wohl!"

Die Gläser wurden geleert und der Kapitän füllte nach. Er überflog zunächst die Nachricht aus Malmö von der Handelsgesellschaft und dann die Botschaft von der *Miranda*.

„Na Kapitän, wichtige Nachrichten ?"

„Nichts Dringendes Herr Anderson. Die Gesellschaft informiert mich offiziell, dass Sie der zuständige Makler für unsere Handelstätigkeit an der Ostküste der Vereinigten Staaten sind und der Kapitän der *Miranda* schreibt mir, dass in etwa drei bis fünf Tagen unsere neue Dreimastbark *August Waterstraat* hier in New York ankommen wird. An Bord befindet sich der Reeder Martin Jachtmann. Das Schiff hat eine volle Ladung Weizen, also rund 970 Tonnen. Soweit also die offiziellen Nachrichten. Den Brief meiner Frau werde ich mir in aller Ruhe nach unserer Unterhaltung zu Gemüte führen. Jetzt bin ich aber gespannt, was Sie mir als Rückfracht anzubieten haben."

„ Ich habe für Sie hier in New York sechzig Lasten Stückgut

für Göteborg und den restlichen Raum können Sie in Baltimore mit Tabak in Ballen füllen. Das Stückgut können Sie noch heute von Leichtern übernehmen. Die Papiere dafür habe ich mitgebracht. Für die Tabakladung in Baltimore habe ich meinem dortigen Mitarbeiter entsprechende Order erteilt. Es ist genügend Ware vorhanden, um ihre Laderäume zu füllen. Bestimmt gibt es genug Abnehmer dafür in Westeuropa. Das Geld für die Stückgutfracht erhalten Sie von dem Empfänger in Göteborg bei der Ankunft im dortigen Hafen. Den Preis für den Tabak in Baltimore regeln Sie bitte mit meinem Agenten. Sind Sie mit meinen Bemühungen einverstanden, dann fertige ich ihnen eine schriftliche Anweisung für die beiden Frachten aus. So, das war `s dann von meiner Seite."

„ In Ordnung, mit der Übernahme des Stückgutes können wir beginnen, wenn die Leichter da sind. Anschließend versegeln wir dann nach Baltimore. Mit rund einhundertzwanzig Tonnen Stückgut in den Räumen haben wir schon mal eine ordentliche Fracht und brauchen keinen Ballast einzunehmen. Ich denke mal, dass wir so um die zwei bis drei Tage bis Baltimore brauchen. Wenn wir also heute mit der Übernahme des Stückgutes beginnen, sind wir am Mittwoch damit fertig und können nach Erledigung der Formalitäten mit den Behörden am Donnerstag den Hafen verlassen. Trinkwasser und etwas frischen Proviant schicken Sie uns bitte auch noch vor dem Auslaufen. Ich habe hier eine Aufstellung, was wir für die Überfahrt nach Baltimore brauchen. So und nun machen wir es uns noch einen Moment gemütlich."

Mit diesen abschließenden Worten stellte er eine Zigarrenkiste auf die Back und schenkte erneut die Gläser voll.

Am Vormittag des vierzehnten Septembers war man also auf der Brigg *Charlotte-Luise* bereit zum Versegeln nach Baltimore. Mit der auslaufenden Tide verließ das Schiff unter Lotsenassistenz den New Yorker Hafen.

Kapitel III

Der Schoner *Miranda* lag im East-River an den Tonnen. Er hatte am Sonntag den neunten September den Hafen von New York erreicht. Seine Position befand sich zwischen der Südspitze von Manhattan und der Insel Long Island. Rund um den Schoner befand sich ein unübersehbarer Mastenwald von Frachtseglern aus aller Herren Länder. Die Nachrichten von der Missernte in Nordamerika hatten sich schnell auf der ganzen Welt verbreitet. Die Vereinigten Staaten hatten für einige Zeit ihre Schutzzollpolitik den Verhältnissen entsprechend gelockert und nun wollte jeder einen Gewinn daraus ziehen. Vom Liegeplatz der *Miranda* aus sah man an den Masten Flaggen aller europäischen Länder, die überseeischen Handel betrieben. Kapitän Svensson hatte vor allem Schiffe mit der schwedischen Flagge im Auge, denn die Malmö-Handelsgesellschaft hatte eine größere Anzahl von ihnen gechartert. Auch war ihm bekannt, dass die neue Bark *August Waterstraat* demnächst eintreffen müsste. Vom Heck der *Miranda* hatte er einen guten Überblick, welche Schiffe in den Hudson-River und in den East-River einliefen. Die Ladung des Schoners war noch am Tag des Einlaufens in New

York verkauft worden. Heute, am Mittwoch, den zwölften September, war die Weizenladung bereits gelöscht und man wartete auf neue Order durch den Makler Anderson. Der Makler brachte gegen Mittag den Bescheid, dass der Schoner hier im Hafen lediglich zwanzig Lasten Stückgut für den Holländischen Hafen Rotterdam übernehmen könne. Kapitän Svensson gab sein Einverständnis für die Übernahme dieser Fracht und überlegte sich, dass er weiter nach Süden den Hafen von Norfolk in Virginia anlaufen könne, um dort entweder Tabak oder Baumwolle für Liverpool zu übernehmen. Die Stückgutladung sollte heute am Nachmittag übernommen werden. Bei wechselhaftem Wetter wurde am Nachmittag das Stückgut übernommen, womit man noch bis zum Abend fertig war und anschließend das Schiff seeklar machte. Gegen zehn Uhr am Vormittag des nächsten Tages sah der Steuermann eine Dreimastbark in Richtung Hudson-River segeln. Er verständigte den Kapitän, der sofort mit seinem Fernrohr an Deck eilte.

„Es ist die *August Waterstraat*" sagte er zum Steuermann „ sie läuft wahrscheinlich in den Hudson-River. Da ist sie ja fast so schnell wie wir gewesen. Bei den Linien, die die Bark aufweist, wundert mich das eigentlich nicht. Offensichtlich hat der Schiffbauer nach einem etwas abgeänderten amerikanischen Entwurf den Rumpf gefertigt. Auch das Rigg ist etwas anders, als das, was man hier bei den neuesten Amerikanern zu sehen kriegt. Wir werden erst morgen auslaufen, denn ich weiß ja, dass unser großer Chef da an Bord ist. Ich nehme mal an, dass er uns gesehen hat und heute noch hier an Bord kommt. Da kommt auch gerade ein Kutter mit dem Makler, der bringt uns Proviant und Trinkwasser. Mach dann mal alles für die Übernahme klar!"

Kapitän Svensson blieb noch an Deck und empfing den Makler, der den bestellten Proviant mitbrachte. Das Trinkwasser war schon am Morgen von einem Wasserboot übernommen worden.

„Hallo Käpt´n, ich bringe hier den bestellten Proviant. Wie Sie wohl eben gesehen haben, ist die Bark *August Waterstraat* auf dem Weg zum Hudson-River. Sie wird dort an den Tonnen zwischen Hoboken und Manhattan festmachen. Wie ich von ihrem Käpt`n Krause erfahren habe ist Ihr Großmeister da an Bord. Er ist als Supercargo unterwegs."

„ Ja Herr Anderson, das war gerade unsere Bark. Sie ist zwei Tage nach uns von Göteborg ausgelaufen und jetzt auch schon hier. Eine prima Leistung! Ich hab beschlossen, erst morgen früh mit der auslaufenden Tide New York zu verlassen, weil der große Meister sich heute wohl noch mit mir treffen will. Sie wollen doch sicher nachher auch noch da rüber, da komme ich dann doch lieber gleich mit. Aber erst mal machen wir die Abrechnung für den Proviant fertig. Die Bark wird ja noch eine Weile zu tun haben, bevor sie an ihrem Liegeplatz ist. Folgen Sie mir doch bitte in meinen Salon."

Kapitel IV

Am Vormittag des dreizehnten Septembers, es war ein Donnerstag, erreichte die Bark *August Waterstraat* die Ansteuerung des Hafens von New York bei den vorgelagerten Sandbänken.

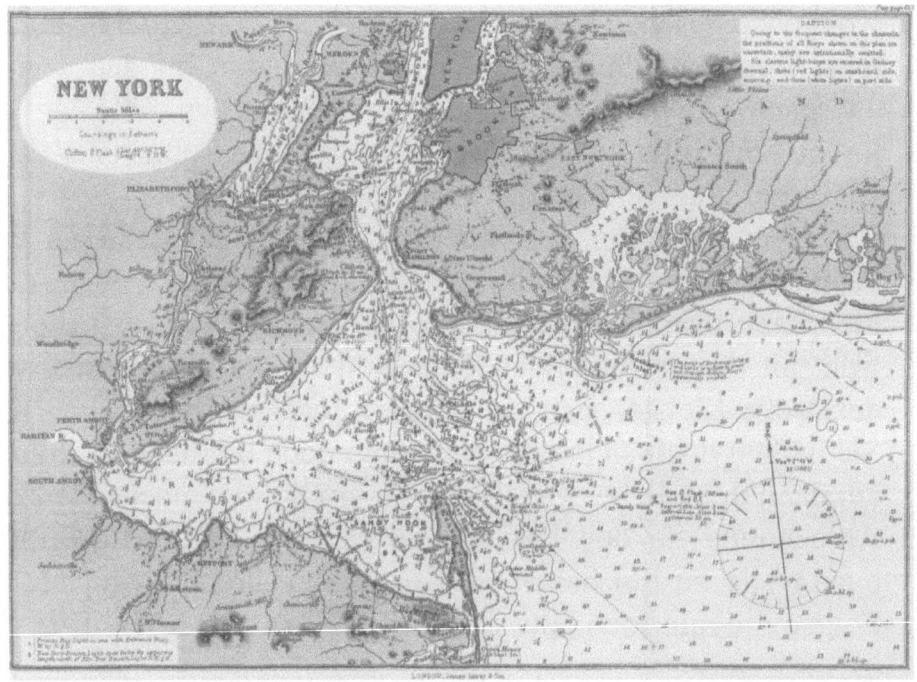

Seekarte der Ansteuerung von New York 1884 (aus Wikipedia)

Vom Lotsenkutter wurde ein Lotse übernommen, der das

Schiff sicher durch den Ambrose Kanal geleitete, vorbei an den zu beiden Seiten liegenden Sandbänken der Lower Bay. Danach gelangte man durch The Narrows in die Upper Bay. Im Norden der Upper Bay gelangte man mit der einlaufenden Tide zwischen den Bedloes Islands und der Governor`s Insel und der an Backbordseite liegenden Insel Ellis Island vorbei in den Hudson-River. Dabei sah man direkt vor sich die Spitze der Insel Manhattan an der sich der Hafen nach Osten in den East-River und nach Norden in den Hudson-River teilt. Auf der Insel Manhattan befindet sich das Zentrum von New York. Die Bark lief noch etwa zwei weitere Seemeilen den Hudson-River hinauf, bis sie auf ihrem Liegeplatz angekommen war und dort an den im Fluss liegenden Tonnen festmachte.

Während man noch kurz vor der Insel Manhattan war, reichte Kapitän Schulze seinem Reeder das Fernrohr mit dem Hinweis „ Sehen Sie mal Herr Jachtmann, da drüben im East-River liegt ein Schoner von uns!"

Martin nahm das Fernrohr und blickte in die angegebene Richtung.

„ Tatsächlich Herr Schulze, das ist die *Miranda,* der schnelle Schoner unter Kapitän Svensson. Da stehen auch einige Leute an Deck und scheinen uns zu beobachten. Wie es aussieht, ist der Schoner schon klar zum Auslaufen. Ich denke, dass Svensson uns nachher erst noch einen Besuch abstatten wird. Wie es aussieht, haben wir unseren Liegeplatz gleich erreicht und ich werde mich schon mal auf den Besuch der Behörden vorbereiten."

Kaum hatte die Bark ihre Leinen vorn und achtern an den Tonnen festgemacht, da kam auch schon ein Kutter der

Hafenbehörden längsseits. Beamte des Zolls, des Hafens und der Einwanderungsbehörde stiegen an Bord. Während einige Zollbeamte die geöffneten Ladeluken kontrollierten, nahm Kapitän Schulze die Vertreter der Hafen- und der Einwanderungsbehörde in Empfang. Er geleitete sie in seinen Salon, wo schon die erforderlichen Papiere für die Besatzung, das Schiff und die Ladung bereit lagen. Hier stellte sich auch Martin Jachtmann als Reeder und in seiner Funktion als Supercargo vor. Kapitän Schulze hatte inzwischen eine Flasche guten alten schottischen Whisky, die dazugehörigen Gläser und einen Kasten mit guten Zigarren bereitgestellt.

„ Meine Herren, bevor wir die dienstlichen Obliegenheiten erledigen, sollten wir zunächst einen kräftigen Schluck auf die Freundschaft zwischen dem Königreich Schweden und den Vereinigten Staaten von Amerika nehmen. Ich habe als Supercargo diese erste Reise meiner Bark *August Waterstraat* begleitet, um als Reeder und Miteigentümer der schwedischen Handelsgesellschaft aus Malmö neue Kontakte im überseeischen Handel anzuknüpfen, beziehungsweise sie weiter auszubauen. In diesem Sinne, sehr zum Wohle!"

Mit diesen Worten eröffnete Martin Jachtmann die offizielle Runde zur Ankunft seines Schiffes im Hafen von New York.

„ Kapitän Schulze wird Ihnen zunächst die erforderlichen Papiere zum Einklarieren vorlegen. Danach lade ich alle hier Anwesenden noch zu einer kleinen Empfangsparty in meinen eigenen Salon ein."

Der Vertreter der Hafenbehörde machte anschließend noch eine kurze Bemerkung:

„Sagen Sie Mister Jachtmann, wenn Sie nicht die schwedische

Flagge gesetzt hätten, dann hätte ich ihr Schiff glatt für eines unserer eigenen gehalten."

„ Ja, das glaube ich Ihnen gerne. Die Bark ist von dem Sohn eines Werftbesitzers in Stettin entworfen und auch dort gebaut worden. Stettin ist die Hauptstadt der preußischen Provinz Vorpommern. Dieser Schiffbauer hat einige Jahre auf englischen und amerikanischen Werften gearbeitet und erkannt, dass hier moderne Segler entworfen und gebaut werden. Ich habe ihm meine Vorstellungen für eine größere Bark mitgeteilt, die gleichzeitig schnell sein und dabei auch eine ordentliche Menge an Fracht transportieren könnte. Sie sehen ja nun, was dabei herausgekommen ist. Es ist keine Kopie eines amerikanischen Seglers, aber nicht zu verkennen ist der amerikanische Einfluss. Übrigens können wir uns in meinem Salon nachher noch gerne weiter darüber unterhalten."

In seinem eigenen Salon angekommen bat Martin Jachtmann die Beamten der New Yorker Hafenbehörde Platz zu nehmen, schenkte je nach Wunsch den Anwesenden Whisky oder Cognac ein und setzte dann das im Salon des Kapitäns begonnene Gespräch fort:

„Wie ich Ihnen vorhin schon erklärte, ist dieses Schiff keine Kopie eines amerikanischen Seglers. Eine Ähnlichkeit des Rumpfes mit Rümpfen nordamerikanischer Paketschiffe ist jedoch vorhanden. Bei einer Länge des Rumpfes von einhundertsiebzig Fuß und einer Breite des Hauptspants von vierunddreißig Fuß in Schwedisch Maß erreichen wir immerhin bei einer senkrechten Zuladung von zehnkommazehn Fuß eine Tragfähigkeit von vierhundertsechsundachtzig Lasten, was in etwa neunhundertsiebzig Tonnen entspricht. Der Hauptunterschied zu den amerikanischen Paketschiffen liegt jedoch beim Rigg. Wie Sie gesehen haben, fahren wir hier bereits geteilte Mars- und Bramsegel, um die Arbeiten zu erleichtern Am achteren Mast fahren die Amerikaner lediglich das Besansegel, während wir darüber noch ein Gaffeltopsegel fahren. Unsere Anker werden mit einem eisernen Pumpspill gehievt und eiserne Handwinden erleichtern der Crew das Brassen. So kommen wir mit einer Crew von vierzehn Mann für den Betrieb dieses doch schon großen Frachtseglers für den überseeischen Verkehr aus. Sie kennen ja vielleicht auch schon meine Brigg *Charlotte-Luise,* die kürzlich ebenfalls mit einer Weizenladung hier im Hafen lag und wohl inzwischen wieder ausgelaufen ist. Diese Brigg ist allerdings ein getreuer Nachbau eines amerikanischen Vorbildes. Sowohl die Brigg als auch diese Bark sind für europäische Verhältnisse dieser Zeit überdurchschnittlich groß. Sie kommen wegen ihrer Größe und ihres Tiefgangs nicht mehr für das Anlaufen vieler Häfen in Frage. Deshalb habe ich gemeinsam mit meinem Schwager und schwedischen Kaufleuten eine Handelsgesellschaft mit Sitz in der südschwedischen Stadt Malmö gegründet. Um den ermäßigten Sund-Zoll für schwedische Schiffe zu umgehen, laufen unsere größeren Schiffe den Hafen von Göteborg an der schwedischen Westküste an, wo wir eine Niederlassung besitzen. Dieser Hafen ist ganzjährig eisfrei und somit von großem Vorteil für unsere Gesellschaft. So meine Herren, ich habe Sie hoffentlich nicht mit meinen Ausführungen gelangweilt. Wir haben hier für Sie noch einige Präsente und bevor wir auseinander gehen, lassen Sie uns nochmals die

Gläser erheben und auf das Wohl künftiger guter Zusammenarbeit anstoßen. Zum Wohle ! Übrigens soll der Salon, in dem wir uns jetzt befinden, auf den nächsten Reisen als Aufenthaltsraum für mitreisende gut zahlende Passagiere dienen."

New York   Hafenansicht 1853 an der Südspitze der Insel Manhattan
links im Bild die Batterie, rechts ein Vollschiff (Fullrigger) mit ankommenden Passagieren
          (aus Wikipedia)

Kaum war die *August Waterstraat* einklariert und die Vertreter der Behörden hatten die Bark verlassen, legte sich der Kutter mit dem Makler Anderson und Kapitän Svensson an der Backbordseite längsseits. Die beiden Herren wurden vom I. Steuermann Schmidt in Empfang genommen und zum Salon des Supercargos geführt, wo sich auch Kapitän Schulze aufhielt. Martin Jachtmann war besonders erfreut darüber, dass der Makler schon gleich nach dem Einklarieren der Bark hier an Bord eintraf. So konnte er sich für den Rest dieses Tages die Suche nach dessen Büro ersparen und alle Informationen, die er zunächst benötigte, in Erfahrung bringen. Ein großer Vorteil war es auch, dass Ingmar Svensson von der *Miranda* den Makler begleitete. Während der Makler im Salon noch die hier Anwesenden begrüßte und in kurze Gespräche verwickelt wurde, führte Martin Jachtmann Ingmar Svensson kurz an Deck.

„ Ingmar, zunächst möchte ich von dir erfahren, wie der Weizenpreis bei unserem Makler steht, alles andere kannst du mir nachher drinnen erzählen."

„ Martin, wir haben einen guten Preis mit dreiunddreißig Prozent gegenüber unserem Einkauf ausgehandelt und erzielt. Ich denke, dass wir damit gut leben können."

„ Ja, ich denke damit kommen wir ganz gut zurecht. Jetzt wollen wir aber rein gehen und mal sehen, was er mir anzubieten hat."

Im Salon erklärte der Makler gerade, dass er erst kürzlich für die Brigg *Charlotte-Luise* und den Schoner *Miranda* zu deren Zufriedenheit tätig war. Für die Ladung der Bark *August Waterstraat* könne er ebenfalls den gleichen Preis pro Last anbieten. Der Preis entspräche dem gegenwärtigen Durchschnitt für Abnahme ganzer Ladungen an der Getreidebörse von New York. Martin Jachtmann erklärte sich bereit, dieses Angebot zu akzeptieren. So wurde dann noch vereinbart, den Kontrakt am morgigen Tag im Büro des Maklers auszufertigen Der Makler übergab zu diesem Zweck seine Visitenkarte und sagte, dass sein Office sich ganz hier in der Nähe des Liegeplatzes der Bark auf Manhattan befände. So war dann das Wichtigste zunächst geklärt. Im weiteren Verlauf dieser Zusammenkunft, deren Anwesende sich in einzelne Gruppen auflösten, wurde über den bisherigen Verlauf der Handelsfahrt und über die weiteren Absichten bis zum Eintreffen in Göteborg diskutiert. Der Makler ließ verlauten, dass man nach Abschluss des Vertrages für den Weizen der Bark unmittelbar mit dem Löschen der Ladung beginnen könne. Voraussichtlich benötige man dafür zwei Wochen. Während dieses Zeitraumes könne man versuchen, hier in New York eine ordentliche Rückfracht nach einem europäischen Hafen zu ordern. Dabei deutete er an, dass es aber wohl das Beste wäre, wenn die Bark nach dem Löschen der Weizenladung zur Chesapeake Bay verhole, um eine volle Ladung Tabak im Hafen von Baltimore für Westeuropa zu übernehmen. Diesen Weg würde jetzt auch der Schoner *Miranda* wählen.

Ingmar Svensson erklärte seinem Chef, dass er hier in New York zwanzig Lasten Stückgut für Rotterdam übernommen habe und nun nach Norfolk in Virginia wolle, um den größeren Rest des Laderaumes mit Tabak zu befüllen. Der Schoner sei seeklar und würde am kommenden Morgen auslaufen. Den Tabak würde man in Rotterdam wohl auch günstig verkaufen können und dann nach New Castle verholen, um dort Kohle für Kopenhagen zu übernehmen.

„Ingmar, deine Absichten sind gut. Ich werde das wohl auch so ungefähr machen, denn hier, bei diesem Andrang, wird man wohl kaum ein gutes Geschäft für die Rückreise abschließen können. Allerdings sollten wir uns möglichst beeilen, vor dem Beginn der stürmischen Zeit wieder nach Hause zu kommen. So wie es aussieht wirst du wohl einige Wochen vor mir wieder in Malmö sein. Für dieses Jahr können wir keine weitere Fahrt mit dem Schoner hierher riskieren. Ich werde nachher noch einige Briefe schreiben, die du dann mitnehmen kannst."

Mit diesen Worten zog sich Martin Jachtmann für einige Zeit unauffällig in seinen kleinen Arbeitsraum zurück und fertigte einige Briefe an seine Familie und an die Handelsgesellschaft in Malmö aus.

Unterdessen nahm die lebhafte Unterhaltung im Salon des Supercargos ihren Fortgang. Die kleine Besatzung des Kutters wurde inzwischen in der geräumigen Kombüse der Bark versorgt. Gegen 22.00 Uhr rüsteten sich der Makler und Käpt`n Svensson zum Aufbruch. Der Schoner *Miranda* würde am frühen Morgen des Freitags mit dem Ebbstrom auslaufen.

Martin Jachtmann verabschiedete die Herren an Deck. Er wünschte Ingmar Svensson eine gute Reise, viel Erfolg und eine glückliche Heimkehr. Der Makler versprach, Martin am morgigen Vormittag mit einer Kutsche am gegenüber liegenden Ufer von Manhattan abzuholen.

Allmählich kehrte Nachtruhe auf der Bark ein. Die Besatzung war vollzählig an Bord, da der Kapitän bei den jetzigen Liegeplatzverhältnissen kein Risiko einer Havarie eingehen wollte.

Am Morgen des zehnten Septembers, einem Freitag, meldete der wachhabende Erste Steuermann dem Kapitän, dass sich ein Kutter der Bark nähere, wobei es sich wahrscheinlich um den Kutter des Maklers Anderson handeln würde. Kapitän Schulze ordnete an, dass der Supercargo sofort zu benachrichtigen sei.

Martin Jachtmann hatte gerade sein Frühstück beendet, als er über die Ankunft des Maklers informiert wurde. Er begab sich sofort an Deck und wartete gemeinsam mit dem Kapitän das Eintreffen des Maklers ab, der gerade in diesem Moment an der Steuerbordseite der tief im Wasser liegenden voll beladenen Bark mit seinem Kutter anlegte.

„Hallo, guten Morgen!" begrüßte der Makler die an Deck der Bark Versammelten. „ Guten Morgen!" schallte es von dort zurück.

Mit einem eleganten Satz sprang der Makler vom Deck seines Kutters über das Schanzkleid der *August Waterstraat* .

„ Hallo Mister Anderson, Sie sehen so aus, als hätten Sie eine gute Nachricht für uns!" Mit diesen Worten wurde er von Martin Jachtmann empfangen.

„ Ja, ich habe wirklich eine gute Nachricht. Wir brauchen ihr Schiff nicht auf dem River zu entladen. Gegen zwei Uhr am heutigen Nachmittag wird ein Schlepper kommen und das Schiff zu einem gerade frei gewordenen Liegeplatz am Newbury Pier, das ist der Pier 26, verholen. Es wird dann wesentlich einfacher mit dem Löschvorgang. Ich habe übrigens die notwendigen Papiere für den Geschäftsabschluss mitgebracht, sodass wir den Vorgang gleich hier an Bord abschließen können. Weiterhin habe ich meine Geschäftsstelle in Baltimore per Telegraph angewiesen, eine volle Ladung Baumwolle und Tabak für Sie bereit zu stellen. Das Löschen des Weizens kann am Montag der kommenden Woche beginnen. Ich denke, dass wir damit spätestens am Sonnabend, den neunundzwanzigsten September, fertig sind. Sie könnten also bei günstigem Wind noch am selben Tag auslaufen und etwa drei Tage später in Baltimore sein. Was halten Sie davon?"

„ Oh, das sind ja wirklich günstige Nachrichten für uns" – antwortete Martin. „Mister Anderson wir können jetzt im Salon des Kapitäns den Kaufvertrag für die Weizenladung entsprechend unserer Vorabmachung ausfertigen. Kapitän Schulze wird ihn unterzeichnen Außerdem wird Herr Schulze Ihnen eine Bestellung für Proviant, Frischwasser und einige Ausrüstung übergeben. Die Gebühren für die Hafenbehörde und den Schlepper können Sie uns von dem Erlös der Fracht abziehen. Für den Erlös aus der Fracht brauche ich eine Schatzanweisung auf mein persönliches Konto bei der schwedischen Reichsbank."

Nach diesem einleitendem Gespräch begaben sich die beiden Herren in den Kapitänssalon, wo sie bereits von Kapitän Schulze erwartet wurden. Die Formalitäten des Verkaufes der Ladung wurden erledigt und anschließend saß man noch in gemütlicher Runde zu einem Gespräch beisammen.

Gegen 09.30 Uhr entschied sich Martin Jachtmann, mit dem Makler Anderson in dessen Kutter mit an Land zu fahren. Er verabschiedete sich von Kapitän Schulze und den hier anwesenden Schiffsoffizieren, holte seine Dokumententasche und begab sich an Bord des Kutters, der sogleich nach Manhattan übersetzte. Während der kurzen Überfahrt erklärte der Supercargo dem Makler, dass er seine Post von der glücklichen Ankunft in New York an seine Familie in Malmö und an seine Schwiegereltern in Stralsund dem Schoner *Miranda* zur weiteren Beförderung nach Europa mitgegeben habe. Er selbst möchte zunächst dem Zollamt, dem Hafenamt und der Börse einen Besuch abstatten. Mister Anderson überlegte kurz und schlug dann vor, dass im Anschluss an diese Besuche wohl bis zum Abend vielleicht noch genügend Zeit bliebe für eine Kutschfahrt durch das Zentrum der Metropole.

Noch während der Überfahrt nach Manhattan gingen Martin Jachtmann die Gedanken im Kopf herum, dass er mit seinem neuen Großsegler endlich am Ziel seiner geschäftlichen Wünsche angekommen sei. Hinzu kam noch der günstige Umstand, dass zu diesem Zeitpunkt die Vereinigten Staaten ihre Schutzzollpolitik für Importgetreide auf einige Zeit wegen einer Missernte lockern mussten. Wenn man jetzt noch eine oder zwei Fahrten mit Weizen aus Pommern oder Schweden mit der Bark und mit der Brigg erledigen könnte, würde man sogar noch das Geld für einen weiteren Schiffsneubau erwirtschaften können. Man müsse dabei natürlich auch beachten, dass im Spätherbst oft stürmisches Wetter in der Nordsee und auf dem Nordatlantik herrsche. Eine gute Portion Glück gehöre außerdem für solche Fahrten auch noch dazu. Mit den vorhandenen Schiffen könne man das Ziel aber wohl erreichen. Übrigens müsste man versuchen, zuhause noch ein oder zwei weitere Teilhaber für den Bau einer weiteren Bark zu gewinnen. Schwager Wilhelm Freese müsste ja eigentlich inzwischen auch schon einiges an Kapital angesammelt haben, um sich entsprechend zu beteiligen. Dann könne man vielleicht auch noch Schwager Gustav Bengtson mit hinzuziehen. So würden die Anteile an dem Neubau in der Verwandtschaft verbleiben.

In seinen Gedanken wurde Martin unterbrochen, als Makler Anderson ihn plötzlich auf eine Pier am Ufer Manhattans hinwies: „Sehen Sie Herr Yachtmann, dort ist die Newbury Pier, wohin Ihr Schiff heute am Nachmittag verholen wird. Von hier haben Sie es dann nicht mehr weit bis zum eigentlichen Zentrum."

„Oh ja, das ist ein guter Liegeplatz. Ich war als junger Mann schon mal hier, das ist nun schon etliche Jahre her. In diesem Bereich hat sich am Anblick nicht viel geändert, aber nach Westen zu hat sich die Stadt inzwischen stark vergrößert. Von hier aus wird es noch ungefähr eine Meile bis zur Südspitze von Manhattan sein."

„Ja, von dieser Pier aus sind alle Ihre geschäftlichen Stellen gut und schnell zu erreichen. Auch wir werden jetzt hier anlegen, denn meine Agentur befindet sich ganz in der Nähe."

Durch ein Gewirr von an den Piers vertäuten Großseglern bahnte sich der kleine Segelkutter des Maklers jetzt seinen Weg und legte zwischen Newbury Pier (Nr.26) und Pier Nr.25 am Westufer Manhattans an. Von hier aus hatte man einen guten Überblick auf das gegenüber liegende Ufer des Hudson River mit dem im Bau befindlichen Stadtteil Jersey City. Weiter nach Nordwesten zu war das Land zwar schon parzelliert, aber noch weitestgehend unbebaut. Übrigens traf das auch auf den größeren nördlichen Teil der Insel Manhattan zu Die Stadt New York hatte jetzt ungefähr 350.000 Einwohner und war stark im Wachstum begriffen.

Nach beendetem Anlegemanöver des Kutters gingen Martin

Jachtmann und Makler Anderson an Land. Die Kutsche des Maklers hatte während der Zeit seines Aufenthaltes auf der Bark geduldig auf ihn gewartet.

„So Herr Jachtmann, ich mache mich jetzt auf den Weg zu meinem Office. Meine Adresse haben Sie ja. Hier auf der Uferstraße werden Sie sicher schnell eine Kutsche finden, die Sie an Ihre Ziele bringen wird. Von hier bis zur Südspitze von Manhattan ist es noch etwa eine Meile. Wir sehen uns dann am Nachmittag bei mir?"

„Herr Anderson, wenn ich meine Besorgungen erledigt habe, komme ich gewiss bei Ihnen vorbei. Ich nehme mal an, das wird in etwa drei Stunden soweit sein. Ich kenne mich hier einigermaßen aus, denn so viel wird sich seit meinem letzten Aufenthalt in der City wohl nicht verändert haben. Also bis dann!"

Martin Jachtmann brauchte nicht lange auf eine leere Mietdroschke zu warten. Hier entlang des Ufers am Hudson River herrschte rege Geschäftigkeit. Von den vielen Piers lief der Personen- und Warenverkehr ununterbrochen und man hatte trotz der enormen Straßenbreite einige Mühe durch diesen Wirrwarr hindurch zu kommen. Die Häuser entlang der Uferstraße waren nicht gerade sehenswert. Sie waren aus rotbraunen Backsteinen errichtet, drei bis fünf Geschosse hoch und standen dicht an dicht mit den Frontgiebeln zur Uferseite. In erster Linie dienten sie in diesem Bereich als Speichergebäude. Martin Jachtmann schenkte ihnen keine Aufmerksamkeit. Seine Blicke richteten sich vor allem auf die an den Piers legenden Großsegler. Schiffe vieler seefahrender Nationen waren hier versammelt. Darunter befanden sich auch

Segler aus Schweden und aus Hamburg. Bei genauerem Hinsehen entdeckte er einige Piers weiter eine Dreimastbark unter Hamburger Flagge, die ihm sehr bekannt war. Mit seinem Spazierstock klopfte er an das Verdeck der Kutsche und gab dem Kutscher damit zu verstehen, dass er anhalten möchte. Er stieg aus und bat den Kutscher hier auf ihn zu warten. So bei sich dachte er – das ist doch die Bark *Hoffnung* aus Hamburg, auf der ich drei Jahre als Erster Steuermann unter Kapitän Albert Schröder fuhr, ob der Alte wohl noch lebt? Da muss ich mich doch mal an Bord umhorchen. An Bord der Bark wurde emsig gearbeitet. Die Luken waren geöffnet und ein Teil der Fracht, die aus Weizen als Schüttgut bestand, wurde in Säcke abgefüllt und an Deck gehievt. Der Tallymann notierte die gelöschte Anzahl der Säcke und war damit vollauf beschäftigt. Unbeachtet von den arbeitenden Männern an Deck der Bark begab sich Martin Jachtmann zum Kajütaufbau am Heck und klopfte lautstark an das Schott des Niederganges zum Salon des Kapitäns. Eine laute Stimme tönte von unten herauf: „ Hallo, wer da!?"

„ Hier ist Martin Jachtmann, vor einigen Jahren erster Steuermann auf dieser Bark!"

„Na, da laust mich doch ein Affe, also Martin Jachtmann, dann komm mal runter zu mir!"

Martin stieg die Treppe herunter und wurde unten angekommen herzlich vom Kapitän in Empfang genommen.

„Hallo Martin, hätte nicht gedacht dich ausgerechnet nach so vielen Jahren hier in New York zu sehen. Hier ist ja im Moment die Hölle los. Bei dem Trubel trifft man immer mal wieder alte Bekannte. Mit dir hatte ich allerdings nicht gerechnet. Du wolltest dir doch damals eine Galeasse für die Küstenfahrt beschaffen und dein eigener Herr werden. Nun komm erst mal rein in mein Reich und vertäll mi wat du hier vörhast."

Sie machten es sich erst mal bequem im Salon. Dann begann Kapitän Schröder seinen Gast auszuhorchen.

„Also Martin, du hast ja da einen feinen Zwirn an. Es geht dir wohl also ganz gut?"

„ Ja Käpt`n Schröder, es geht mir jetzt richtig gut. Ich hab in Stralsund eine Familie gegründet. Meine Frau ist die Tochter eines Stralsunder Getreidegroßhändlers. Außerdem habe ich auch einen Sohn und ein zweites Kind ist eine Tochter. Inzwischen bin ich Reeder geworden und habe neben meiner alten Galeasse zwei eigene neue Schiffe. Meine Brigg *Charlotte-Luise* war gerade hier in New York mit Weizen und ist nun unterwegs nach Süd, um sich Ladung zu beschaffen. Ich selbst bin gerade erst hier mit meiner neuen Bark *August Waterstraat* angekommen. Inzwischen lebe ich mit meiner Familie im schwedischen Malmö, wo ich zusammen mit meinem Schwager und mit schwedischen Geschäftsleuten eine Handelsgesellschaft gegründet habe, die zurzeit ganz ordentlich läuft. Ich könnte noch viel erzählen, muss aber erst noch zur Hafenbehörde , zur Börse und zum Zoll. Auf meiner Bark bin ich hier als Supercargo unterwegs. Ich lade dich ein, mich Übermorgen an Bord zu besuchen. Die Bark soll heute am Nachmittag nordwärts von hier an die Pier 26 verholen. So langsam muss ich also erst mal los, denn meine Kutsche wartet noch auf mich."

„Gut Martin, ich nehme deine Einladung zum Besuch deiner

Bark gern an. Dann war das also dein neues Schiff, das hier den Hudson hoch lief und so aussah wie ein Amerikaner. Junge, musst du aber nun im Geld schwimmen, wenn du dir so etwas leisten kannst. Jedenfalls von mir einen Glückwunsch dazu. So, nun sieh mal zu, dass du deine Geschäfte erledigst. Wir sehen uns dann ja bald!"

Martin Jachtmann begab sich wieder zu seiner Kutsche und setzte seine Fahrt entlang der West-Street in Richtung Süden fort. Am Pier 13 in Höhe der Albany-Street bemerkte er regen Betrieb um ein Maschinenungetüm, mit dem offensichtlich Getreide mittels eines Becherförderers aus dem Laderaum einer schwedischen Dreimastbark in eine längsseits liegende Schute gefördert wurde. Erneut ließ er die Kutsche halten und begab sich auf den Pier, um sich den Betrieb der Anlage näher anzusehen. Die Maschine stand auf einer schwimmenden Plattform längsseits der Bark. Sie hatte schwenk- und drehbare Ausleger. Ein Ausleger befand sich jetzt mit seiner Fördervorrichtung in der Ladeluke der Bark. Der andere Ausleger hatte an seinem Kopfende einen Einfülltrichter mit einer nach unten reichenden Röhre. Das ganze Ungetüm wurde von einer kleinen Dampfmaschine in Betrieb gehalten, die sich ebenfalls auf der Plattform befand. Das Ganze hatte eine gewisse Ähnlichkeit mit einem Schwimmbagger. Längsseits der schwimmenden Plattform ergoss sich derzeitig ein ununterbrochener Strom goldgelber Getreidekörner in die geöffnete Ladeluke einer Schute. Martin wollte sich den Betrieb der Anlage nun näher ansehen, weil er sofort davon überzeugt war, dass sich mit solch einer Vorrichtung eine gewaltige Einsparung an Zeit und Arbeitskraft erzielen ließ. Er begab sich über die Gangway an Bord der Bark und stellte sich bei dem Wachoffizier als Reeder der zurzeit unter schwedischer Flagge fahrenden Bark *August Waterstraat* vor mit dem Wunsch, Näheres über den hier ablaufenden Löschvorgang des Getreides zu erfahren.

„Steuermann können Sie mir sagen, was das für eine Maschine ist und was sie leisten kann?"

„ Das Dings nennt man hier Elevator, man kann es auch als Getreideheber bezeichnen. Es gibt davon schon einige hier im New Yorker Hafen. Wie die ganze Anlage funktioniert kann man von dieser Position aus sehr gut erkennen. In unserem Laderaum sind zurzeit zwei Mann mit dem Heranschaffen des restlichen Getreides an das Becherwerk des Auslegers beschäftigt. Sie haben dafür je einen an einer Kette befindlichen Schieber aus Eisen mit den Händen zu führen und schieben das Getreide damit an das Becherwerk des Auslegers heran, wo es von den Bechern aufgenommen wird. Die Becher des Auslegers laufen über Ketten und Rollen zum oberen Ende des Auslegers und kippen dort ihren Inhalt in einen Einfülltrichter, der mit der Röhre des anderen Auslegers verbunden ist und somit das Getreide in den Laderaum der Schute befördert. Die stationäre Dampfmaschine der Plattform ist zwar nicht besonders stark, aber immerhin reicht der Antrieb aus für eine Stundenleistung von zwanzig Tonnen. Diese Bark hat achthundert Tonnen Weizen hierher befördert und so dauert der ganze Löschvorgang voraussichtlich bei trockenem Wetter etwa vierzig Arbeitsstunden. Täglich wird der Elevator etwa zwölf Stunden in Betrieb gehalten. Wir sind gestern mit dem Löschen angefangen und sind somit voraussichtlich übermorgen fertig "

„ Ich danke Ihnen für Ihre Informationen. Meine Bark, auf der ich gegenwärtig als Supercargo fahre, hat etwa neunhundertfünfzig Tonnen geladen. Wenn das Getreide von Schauerleuten gelöscht werden sollte, müssten wir hier bei gutem Wetter mindestens zwei bis drei Wochen im Hafen liegen. So will ich mal sofort zu meinem Makler und mit ihm über den Einsatz eines Elevators verhandeln. Immerhin könnte ich gut eine bis zwei Wochen Hafenliegezeit hier einsparen und Zeit ist für uns ja auch Geld."

„ Ja, da haben sie recht Herr Jachtmann, das trifft ja auch für dieses Schiff zu, das von einem Korrespondenzreeder in Göteborg bereedert wird."

„ So, - und können Sie mir sagen, wie der Betreffende heißt? Eigentlich müsste ich dort alle Reeder kennen, denn auch meine Gesellschaft befasst sich mit Reederei in Göteborg."

„ Es ist die Malmö- Handelsgesellschaft, die uns seit kurzem gechartert hat. Eigentlich war diese Reise der Auftakt für einen längeren Chartervertrag. Wir sind insgesamt sehr zufrieden und hoffen auf eine gute weitere Zusammenarbeit mit dieser Gesellschaft."

„ Da bin ich aber sehr erfreut, ein Charterschiff meiner eigenen Gesellschaft hier in New York zu treffen. Ich bin nämlich einer der Teilhaber dieser Gesellschaft. Ist Ihr Kapitän zufällig an Bord? Ich würde ihm ansonsten gern eine Nachricht hinterlassen. Wie ist sein werter Name und wie heißt übrigens das Schiff?

"Unsere Bark heißt *Götaland* und der Kapitän heißt Olaf Berglund. Übrigens ist der Kapitän zurzeit nicht an Bord. Er ist

unterwegs zu unserem Makler Anderson."

„ Das trifft sich ja gut, dahin bin ich jetzt auch unterwegs, da kann ich Ihren Kapitän ja vielleicht beim Makler treffen. Herr Anderson ist nämlich der von unserer Gesellschaft beauftragte Makler. Ich danke Ihnen nochmals für Ihre ausführlichen Informationen zu dem Elevator. So, nun muss ich aber schnell zu meiner Kutsche. Auf Wiedersehen Steuermann! Sollte ich Ihren Kapitän nicht mehr beim Makler Anderson antreffen, komme ich auf meinem Rückweg nochmals hier vorbei. Meine Bark soll heute gegen zwei Uhr am Nachmittag zum Pier 26 verholen."

Martin Jachtmann warf noch einen kurzen Blick in den Laderaum der Bark und begab sich dann zu der Kutsche die geduldig auf der West Street wartete. Der Kutscher erhielt die Anweisung jetzt zügig zur Hafenverwaltung und danach zum Zollamt zu fahren. Dort erledigte er für den Kapitän seiner eigenen Bark einige dienstliche Obliegenheiten. Danach ließ er sich bis zur Battery an der Südspitze Manhattans fahren und entließ dort die Kutsche. Nach Aufsuchen eines Kaffeehauses in der Brider Street, wo er bei Kaffee und Toast noch einige Tageszeitungen durchsah und sich über Wirtschaft und aktuelle Politik informierte, sich dabei natürlich auch die neuesten Preise für Getreide und andere wichtige Waren einprägte, begab er sich zu Fuß in das Bankenviertel. Am Hanover Sqare stattete er der Dependance der schwedischen Rijksbank einen Besuch ab und versorgte sich mit der Dollarwährung. Er wurde

von einem Bankangestellten darüber informiert, dass es

gegenwärtig in den Vereinigten Staaten Schwierigkeiten beim Eintauschen von Papiergeld in die Münzwährung gäbe, aber schließlich könne man ja größere Geldbeträge wegen des Gewichtes nicht ständig mit sich herum schleppen. Jedenfalls sollte man sich von den gegenwärtigen Unruhen hier im Bankenviertel nicht beeindrucken lassen. In der Tat waren in der Wall-Street und in der Pearl-Street größere Menschenmassen unterwegs, die hektisch versuchten ihr Papiergeld in Gold und Silber einzutauschen. Für den Umtausch war jedoch zurzeit ein Stopp verhängt worden.

Martin Jachtmann ging die Wall-Street hinauf bis zum Broadway und nahm sich dort eine Mietdroschke. Dem Kutscher benannte er die Adresse des Maklers in der Warren-Street. Gegen Mittag traf er im Office des Maklers ein und traf dort auch Kapitän Berglund von der Bark *Götaland* an. Makler Anderson begrüße Martin Jachtmann und stellte die beiden Herren einander vor. Um keine Zeit zu verschwenden kam der Supercargo sofort auf den Einsatz des Elevators bei der schwedischen Bark zu sprechen und schlug den Einsatz einer solchen Maschine auch bei seiner Bark *August Waterstraat* vor.

„ Mister Anderson, ich traf auf meiner Fahrt entlang der West-Street auf die Bark *Götaland*, die für meine Handelsgesellschaft gechartert wurde. Sehr erstaunt hatte mich dort der Einsatz eines Maschinenungetüms beim Löschen der Getreideladung. Eine solche Maschine, die vom Wachoffizier der Bark als Elevator bezeichnet wurde, war mir bisher völlig unbekannt. Ich ließ mir den Einsatz der Maschine genau erklären und war von dem großen Nutzen sofort überzeugt.

Insbesondere die Zeiteinsparung während der Hafenliegezeit spielt ja für mich als Reeder die wesentlichste Rolle. Wie ich erfahren habe, soll es hier noch mehrere dieser Maschinen geben und ich möchte Sie daher bitten, auch bei meiner Bark den Einsatz eines Elevators vorzusehen."

„Herr Jachtmann wir werden das folgendermaßen machen: es gibt momentan nur erst wenige dieser Elevatoren, daher werden wir am kommenden Montag zunächst mit zwei Gangs Schauerleuten auf Ihrer Bark mit dem Löschen beginnen und wenn der Einsatz der Maschine auf der *Götaland* beendet ist erfolgt die Umsetzung zur *August Waterstraat* . Um dann schneller mit dem Löschen auf Ihrer Bark fertig zu werden, wird in einer Luke mit dem Elevator und in der anderen Luke mit der Löschgang gearbeitet. Die Fracht wird auf gedeckte Kähne umgeschlagen. Ich denke, das ist eine sehr gute Lösung und wird Ihnen viel Liegezeit ersparen."

„ Oh ja, ich habe mich ja vorhin mit dem Wachoffizier der *Götaland* ausführlich über die Leistungsfähigkeit des Elevators unterhalten. Wenn die Maschine also zwanzig Tonnen Getreide in der Stunde umschlagen kann, dann könnte allein bei einem zwölfstündigen Einsatz pro Arbeitstag das Löschen unserer Ladung in etwa achtundvierzig bis fünfzig Arbeitsstunden bei günstigem Wetter beendet sein, Dazu käme ja noch der Einsatz der Schauerleute. Wenn wir also ab Dienstag der kommenden Woche mit dem Einsatz des Elevators rechnen können, sind wir voraussichtlich am Freitag oder Sonnabend der kommenden Woche mit dem Löschen fertig. Für das Versegeln nach Baltimore benötigen wir dann entweder Ballast oder zumindest eine Teilfracht. Am Dienstag in der übernächsten Woche könnten wir voraussichtlich in Baltimore sein. Das wäre dann der fünfundzwanzigste September."

„Ja, Herr Jachtmann, wenn das Wetter so bleibt, wie es heute ist, könnte Ihre Ladung am Ende der kommenden Woche gelöscht sein. Ich werde mich dafür einsetzen, dass der Elevator so schnell wie möglich von der *Götaland* umgesetzt wird. Jetzt ist es gleich vierzehn Uhr und der Dampfschlepper müsste jeden Moment bei der *August Waterstraat* eintreffen. Der Pier sechsundzwanzig ist hier ganz in der Nähe und wir könnten uns das Verholmanöver ansehen, falls Sie Interesse daran haben."

Kapitän Berglund äußerte ebenfalls sein Interesse und so machte man sich gemeinsam auf den Weg. Zehn Minuten später hatte man den Pier sechsundzwanzig erreicht. Der Schlepper hatte gerade seine Schleppleine an der Bark festgemacht. Es war momentan Stauwasser auf dem Hudson River. Der Fluss hatte seinen Höchststand erreicht und in wenigen Minuten würde der Ebbstrom einsetzen. Auf der Bark, die mit ihrem Bug flussaufwärts lag, wurden jetzt die an den Tonnen befestigten Leinen eingeholt. Der Schlepper nahm ganz langsam Fahrt auf bis die Schleppleine sich spannte. Der Schleppzug setzte sich in Bewegung. Zunächst wurde die Bark aus dem Gewirr der hier versammelten Frachtsegler in Richtung Hoboken gezogen, dann vollzog man eine Wende in Richtung auf Manhattan und steuerte den Pier sechsundzwanzig an. Eine viertel Stunde später wurde die Bark am Pier vertäut.

„ Das war ja direkt ein sehr zügiges Manöver „ – äußerte sich

Martin Jachtmann. „So schnell hätten wir das ohne Schlepper bestimmt nicht geschafft. So meine Herren, jetzt wollen wir aber erst mal an Bord gehen und eine kleine Erfrischung zu uns nehmen."

An Bord angekommen begrüßte man zunächst den Kapitän und dann begab man sich gemeinsam in den Salon des Supercargos.

Die Deckscrew bereitete unmittelbar nach dem Anlagemanöver die Bark für das Löschen der Fracht vor.

Der Makler informierte Kapitän Schulze über den geplanten Einsatz der Schauerleute und des Elevators. Dann gingen die Herren zum gemütlichen Teil über.

„ Meine Herren, wir waren soeben Zuschauer beziehungsweise Mitwirkende bei einem Schauspiel, das es soweit mir bekannt ist, in den europäischen Häfen gegenwärtig noch nicht gibt. Ein großer Tiefwassersegler wird unter Einsatz eines mit Dampf betriebenen Schleppers aus einem Pulk vor Anker liegender Frachtsegler gezogen und zu einem in der Nähe befindlichem Pier manövriert. Das war ein sehr guter und viel Zeit und für die Mannschaft Kraft einsparender Einsatz, der sich auch in vielen unserer europäischen Häfen lohnen würde. Ich denke hierbei natürlich auch an unseren Heimathafen Göteborg mit seiner langen und schwierigen Hafeneinfahrt. Bei widrigen Wind- und Strömungsverhältnissen haben wir dort öfter mit längeren Wartezeiten auf der Reede zu rechnen, was manchmal eben auch nicht ganz ungefährlich ist. Sobald ich wieder in der Heimat eingetroffen bin, werde ich mich für die Anschaffung eines Dampfschleppers einsetzen. Kaufen können wir ihn sicher in England. Ich wurde auch schon öfter gefragt, was ich von einem Dampfschiff halte, das eine Linie mit Fracht und Passagieren von Europa nach Nordamerika betreiben könnte, aber ich denke mal, dass es sich für meine Handelsgesellschaft unter den gegenwärtigen Bedingungen noch nicht rechnet, eine solche Linie lohnend zu betreiben. Die technischen Voraussetzungen sind noch nicht soweit gediehen, dass ein störungsfreier Einsatz der Dampfer bei diesen großen Entfernungen und dann auch noch bei allen Wetterverhältnissen möglich ist. Gegenwärtig laufen verschiedene Versuche, mittels Schrauben statt Schaufelrädern einen vernünftigen Antrieb für ein Schiff zu erreichen. Bis zu einer allseits zufriedenstellenden Lösung wird es aber wohl noch eine Weile dauern. Ich sehe es so, dass der Frachtsegler noch lange nicht den Höhepunkt seiner Entwicklung erreicht hat und schaue daher ganz gelassen in die Zukunft. Übrigens habe ich kürzlich gehört, dass in diesem Jahr zum ersten Mal ein Dampfschiff die Reise von Nordamerika nach Europa völlig unter Dampfantrieb in achtzehneinhalb Tagen zurück-gelegt hat. Das schaffen wir unter günstigen Bedingungen auch mit unseren neueren Seglern und manchmal sind wir damit sogar noch schneller, obwohl wir wegen der Ausnutzung der Winde meistens einen viel längeren Weg zurücklegen müssen. Das haben wir jetzt gerade mit dieser neuen Bark unter Beweis gestellt. Übrigens gehört dieses Schiff mir und meinem Schwiegervater je zur Hälfte, was auch für die Ladung dieser ersten Transatlantikreise zutrifft. Wie uns Herr Anderson verkündete, wird es hier in New York unter den gegenwärtigen Verhältnissen wohl kaum eine lohnende Rückfracht nach Europa geben. Er bot uns also an, nach

Löschung unserer Fracht nach Baltimore zu segeln und dort Tabak und Baumwolle zu übernehmen. Wir werden also, sobald wir hier in New York fertig sind, nach Baltimore segeln. Dort werde ich mich wohl auch auf den Werften umsehen, was so an neuen Schiffen im Entstehen begriffen ist, denn ich habe vor, eine weitere noch größere Bark in Auftrag zu geben. Wenn Sie sich als künftiger Kapitän dafür bewerben möchten, nehme ich Ihre Bewerbung gerne entgegen. Sie können sich natürlich auch durch Erwerbung von Anteilscheinen am Bau und Kauf neuer Schiffe unserer Handelsgesellschaft beteiligen. So meine Herren, Ich schlage vor, dass wir einen kleinen Imbiss zu uns nehmen und uns mit einem guten Schluck stärken, bevor ich Sie an Deck dieses Schiffes herum führe. Kapitän Schulze wird Sie auf einige Besonderheiten des Schiffes hinweisen."

Nach diesen Worten des Supercargos und einer daran anschließenden kleinen Pause für die Stärkung des leiblichen Wohles begaben sich die Herren an Deck. Kapitän Berglund richtete während des Rundgangs die Anfrage an Martin Jachtmann, ob er das Angebot für die Besetzung des Kapitänpostens für eine neue Bark der Handelsgesellschaft im Ernst gemeint hätte.

„ Herr Berglund, wenn ich so etwas sage, dann habe ich mir das vorher auch ganz bestimmt ernstlich überlegt. Ich könnte die nächste Bark auch ganz allein mit eigenen Mitteln finanzieren. Als Supercargo und als Teilhaber der Malmö Handelsgesellschaft bin ich aber auch berechtigt, über den Kauf eines geeigneten Schiffes zum Beispiel auch hier in den Vereinigten Staaten selber zu entscheiden und einen geeigneten Kapitän für solch ein wertvolles Grundmittel zu finden. Zur Frage der Heuer kann ich Ihnen folgendes Angebot unterbreiten: Bei der voraussichtlichen Größe des Schiffes von etwa tausend Tonnen halte ich unter den gegenwärtigen Bedingungen eine Heuer von dreißig Talern im Monat für angemessen. Dazu käme noch das Kaplaken. Weiterhin kämen zum Jahresende bei angemessener Leistung noch Sonderzahlungen für die ganze Besatzung hinzu. Unsere Bark wird sich nach gelöschter Ladung in Abstimmung mit dem Makler Anderson nach Baltimore begeben. Ich denke mal, dass auch Ihre *Götaland* kaum ausreichend Fracht hier in New York bekommen kann und sich deshalb ebenfalls weiter auf den Weg nach Süden begeben muss. Wir sollten daher mit Herrn Anderson absprechen, dass Sie ebenfalls nach Baltimore versegeln. Sie wären dann schon etliche Tage vor uns da und könnten sich dort schon mal nach einem für uns geeigneten Schiff umsehen. Es braucht nicht unbedingt eine Bark zu sein, auch ein Vollschiff wäre mir recht. Folgende Abmessungen müsste das Schiff etwa haben: Länge in der Wasserlinie zweihundert Fuß, Breite dreißig Fuß, senkrechte Zuladung acht Fuß. Alle Maße in schwedische Fuß. Das wäre ein Schiff mit ungefähr etwa sechshundert Normallasten. Wenn wir etwas finden, was unseren Vorstellungen entspricht, können Sie sich bei Erwerb des Schiffes als Kapitän mit meinem Vorrang bewerben Für Ihre Bark hätten Sie bestimmt schon einen geeigneten Nachfolger. So, - was sagen Sie nun zu dieser Bark? Es ist zwar nicht ihre erste Reise, aber es ist ja ihr erster Einsatz auf dem Atlantik und sie hat sich sehr gut bewährt. Wir hatten immerhin schon Etmale von über dreihundert Meilen dabei und das mit voller Ladung."

„Ja Herr Jachtmann, ohne Zweifel ist dies nicht nur ein neues und schönes, sondern auch ein starkes und schnelles Schiff. Es sieht aus wie die neueren Amerikaner, woran ihre ausgewogenen schnittigen Linien und ihr Rigg erinnern. Lediglich der Besanmast weist Abweichungen auf. Aber auch die Unterteilung der Marssegel in Ober- und Untermarssegel und der Bramsegel in Ober- und Unterbramsegel dürfte für die Crew schon eine fühlbare Arbeitserleichterung beim Setzen oder Einholen sein. Auch die Winden und Pumpen in eiserner Ausführung finden meinen Beifall. Das Logis für die Crew ist geräumig und sogar beheizbar, was auch nicht überall so ist und dann überzeugt mich natürlich auch der Salonaufbau für gutzahlende mitreisende Passagiere. Ich wäre schon ganz schön stolz darauf, ein solches Schiff zu führen."

„Ihr Lob freut mich sehr Herr Berglund. Es war schon immer mein Wunsch, Schiffe von großer Tragkraft bauen zu lassen. Ich habe dabei auch vor allem an die Männer gedacht, die bei jedem Wetter ihre Pflichten erfüllen müssen. Wir werden nachher noch von Kapitän Schulze in die Achterkajüte geführt und auch dort werden Sie sehen, dass wir an Bequemlichkeit, Geräumigkeit und an gute Ausstattung gedacht haben. Sollten wir in Baltimore ein Schiff finden, das unseren Vorstellungen von einem modernem, schönem und starkem Schiff entspricht und wir könnten es erwerben, so werde ich darauf achten, dass auch auf meine sozialen Überlegungen geachtet wird. Könnten Sie sich vorstellen, auch kurzfristig ein solches Schiff als Kapitän zu führen und wenn es notwendig ist, in seiner Endfertigung in Baltimore zu überwachen? In einem solchen Falle würde ich natürlich mit Ihrem bisherigen Reeder verhandeln, um Ihnen den Übertritt in meine Dienste zu ermöglichen."

„Ihr Angebot ist für mich sehr verlockend und ich brauche gar nicht lange, um zu überlegen, ja zu sagen. Mein erster Steuermann ist ein erfahrener Seemann und könnte mich gut auf der *Götaland* ersetzen. Wir werden mit unserer *Götaland* etwa eine Woche früher in Baltimore sein, sodass ich genug Zeit erübrigen kann alle dortigen Werften zu besuchen."

„Das klingt sehr gut und wir sind uns soweit einig. Aber jetzt wollen wir uns Kapitän Schulze anschließen und die Achterkajüte aufsuchen. Über den Inhalt unseres Gespräches bewahren Sie bitte vorerst noch Schweigen."

Kapitän Schulze führte die kleine Gruppe jetzt durch die Räume der Achterkajüte. Alle Räume waren mit Ausnahme des Salons für den Kapitän zwar nicht besonders groß, aber sie waren zweckmäßig und komfortabel eingerichtet. Sogar ein Kartenraum war unmittelbar am achteren Niedergang vorhanden. Auf der Backbordseite befand sich der Niedergang zur Kombüse und auf der Steuerbordseite der Niedergang zu den Räumlichkeiten der beiden Schiffsoffiziere. Nachdem der Rundgang beendet war und es sich die Herren im Salon des Kapitäns bequem gemacht hatten, füllte Kapitän Schulze die Gläser mit einem alten Whisky und ergriff das Wort;

„Meine Herren, dieses ist die erste große Reise der Bark *August Waterstraat* gewesen und ich kann mit Fug und Recht sagen, dass es eine sehr gute Reise war. Das Schiff hat sich in jeglicher Hinsicht bestens bewährt. Ich möchte mich hiermit auch nochmals bei unserem Reeder Herrn Jachtmann bedanken, dass er mir sein Vertrauen für die Führung eines so wertvollen Schiffes geschenkt hat. Ich kann hier auch im Namen der ganzen Mannschaft dem Reeder danken für die gute und arbeitserleichternde Ausrüstung des Schiffes und wünsche uns weiterhin gute Erfolge bei all unseren Reisen. So und nun lassen Sie uns einen guten Schluck nehmen. Zum Wohle meine Herren!"

Zum Abschluss dieser Zusammenkunft lud Martin Jachtmann die Anwesenden und die Schiffsoffiziere der *August Waterstraat* zu einer Party am kommenden Sonntag in seinem Salon ein.

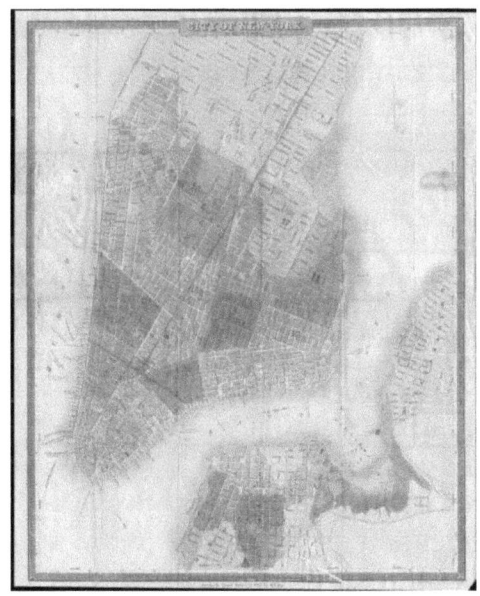

Wikipedia: Karte von New York 1835
David Burr

Kapitel V

Am Morgen des dreiundzwanzigsten Septembers 1838, einem Sonntag, läuft die Bark *Götaland* in den Hafen von Baltimore ein. Nach der Abfertigung durch die Behörden und einem Gespräch mit dem Makler begab sich Kapitän Berglund an Land, um sich auf den zahlreichen Werften nach einem geeigneten Neubau für Martin Jachtmann umzusehen Zunächst musste er feststellen, dass sich hier vorwiegend schnelle zweimastige Küstensegler im Bau befanden. Weiter entfernt vom inneren Hafen befanden sich jedoch Werften, die neben Hellingen auch Trockendocks besaßen und somit geeignet waren für die Bekupferung von Rümpfen der Großsegler. Auch hier waren zahlreiche Neubauten zu sehen. Da an diesem Sonntag auf den Werften nicht gearbeitet wurde und somit nur Wachpersonal auf den Schiffbauplätzen unterwegs war, begnügte sich Kapitän Berglund erst mal damit, sich die Plätze auszusuchen, auf denen sich Drei- und Viermaster im Bau befanden. Alles Weitere würde er in den nächsten Tagen noch herausfinden. Es blieben ja noch einige Tage, bevor die Bark *August Waterstraat* ebenfalls in diesem Hafen einläuft.

Am Montag begab er sich zum Office des Maklers und regelte zunächst die geschäftlichen Obliegenheiten. Bei dem daran anschließenden privaten Gespräch offerierte er dem Makler, dass demnächst die Bark *August Waterstraat* mit dem Supercargo der Malmö Handelsgesellschaft hier ankäme. Der Supercargo würde neben den offiziellen Gesprächen unter anderem auch den Kauf eines für seine Handelsgesellschaft geeigneten Großseglers beabsichtigen. Der Makler könnte ihm ja vielleicht hierzu schon mal Hilfestellung leisten und mit ihm gemeinsam entsprechende Werften aufsuchen. Für den Makler stellte dieses Ansinnen eine willkommene Abwechslung in dem täglichen Geschäftsablauf dar. Gemeinsam machte man sich in einer Mietdroschke auf den Weg. Die Fahrt führte vom Westufer des inneren Hafens zunächst weiter zum Zentrum der Stadt und von dort ging es weiter am Ostufer des Hafens entlang zu den dort befindlichen Werften. Schon aus einiger Entfernung konnte man die auf den Hellingen stehenden hoch aufragenden Rümpfe der im Bau befindlichen Großsegler erkennen. Vor einer der Werften machte die Kutsche halt und die beiden Herren begaben sich auf das Betriebsgelände. Hier gab es ein Gewimmel von Arbeitern wie in einem Ameisenhaufen, aber alles schien sich dem Zweck zu unterordnen, den großen auf der Helling zum Ablauf bereit stehenden Schiffskörper fertig zu stellen. Kapitän Berglund schätzte den Rumpf in der Wasserlinie auf etwas über hundertachtzig Fuß ein und befragte hierzu den Vorarbeiter, der ihm bestätigte, dass die Wasserlinie etwa hundertzweiundachtzig Fuß betrage und die Rumpfbreite über dem Hauptspant gemessen bei zweiunddreißig Fuß läge. Kapitän Berglund überschlug in Gedanken das Länge- zu Breite-Verhältnis und kam auf einen Wert von etwa 5,7:1. Wenn das fertig ausgerüstete Schiff eine senkrechte Zuladung von etwa sieben Fuß bei einem mittleren Tiefgang beladen von etwa vierzehn Fuß erreichte, würde die Tragfähigkeit bei dreihundertvierzig Roggenlasten zu je 3000 Kg liegen, was etwa fünfhundertzehn Normallasten Oder ungefähr tausendzwanzig Tonnen entspräche. Der Rumpf wies die typischen Merkmale der hier seit den zwanziger Jahren gebauten schnellen Schoner auf. Der Vorabeiter erklärte, dass die Werft gegenwärtig weiter auf eigenes Risiko an diesem Schiff arbeite, da der Kunde wegen einer Insolvenz seines Unternehmens bisher noch keine Zahlungen geleistet habe.

Kapitän Berglund kam zu dem Schluss, dass das Schiff in seinen Linien und Abmessungen den Vorstellungen des Supercargos entspräche. Man müsste nur noch mit dem Eigner der Werft über weitere Einzelheiten des Riggs, der Einbauten und der sonstigen Ausrüstung und natürlich in erster Linie auch über den Preis verhandeln. In Preußen würde man für ein derartiges kupferfestes Schiff etwa einhundertzehn Taler pro Normallast bezahlen müssen, also müsste man hier sicher auch etwa so viel in Dollar zahlen, da käme immerhin die gewaltige Summe von ungefähr sechsundfünfzigtausend Dollar zusammen. Für den Kapitän eine unvorstellbare Summe, aber darüber müsste sich dann ja der Supercargo Gedanken machen, der sicher in ganz anderen Dimensionen rechnet. Auf alle Fälle würde dieses Schiff nach seiner Fertigstellung das Herz eines jeden Kapitäns höher schlagen lassen. Nun, man würde ja sehen und hören, was der Supercargo dazu meint.

Am Nachmittag des vierundzwanzigsten Septembers war das Löschen der Ladung, dank des Einsatzes des Elevators und zweier Löschgangs auf der *August Waterstraat* beendet. Es wurde Ballast aus Schuten übernommen und für etwa sieben Tage Proviant an Bord verstaut. Auch einige Fässer wurden mit Frischwasser gefüllt. Man konnte ja nicht genug vorsichtig sein bei der Einschätzung der Wetterlage. Immerhin wäre man ja mindestens zwei Tage auf dem offenen Ozean und dann noch fast einen ganzen Tag in der Chesapeake Bay unterwegs und da könnte schon einiges dazwischen kommen.

Noch in der Nacht zum fünfundzwanzigsten September verließ die Bark mit der auslaufenden Tide den Hafen von New York. Auf der Höhe von Sandy Hook wurde der Lotse in seinen Kutter abgesetzt. Bis zum Vormittag des sechsundzwanzigsten Septembers steuerte die Bark jetzt Südostkurs, um sich von der Küste frei zu segeln. Danach wurde der Kurs auf Süd geändert. Der Wind wehte in Stärke vier nach Beaufort aus Südsüdost, man hatte ihn also fast von vorn und musste in längeren Schlägen dagegen aufkreuzen. Am Abend des sechsundzwanzigsten Septembers stand man jedoch vor der Chesapeake Bay und übernahm den Lotsen für den Hafen von Baltimore, den die Bark am späten Vormittag des nächsten Tages erreichte. Der Ballast wurde an Schuten übergeben und das Schiff wurde zur Übernahme von Baumwolle und Tabak vorbereitet. Supercargo und Kapitän handelten mit dem Makler Menge, Qualität und Preis zu beiderseitiger Zufriedenheit aus. Die Übernahme der Fracht begann am Freitag, den achtundzwanzigsten September. Noch am Vortag, gleich nachdem die Einklarierung der Bark erledigt war, begab sich Kapitän Berglund von der *Götaland* an Bord der *August Waterstraat,* um dem Supercargo Bericht über seine Bemühungen zum Auffinden eines geeigneten Neubaus zu erstatten. Gemeinsam begab man sich dann zu der betreffenden Werft. Der Vorarbeiter hatte wohl inzwischen seinen Chef informiert, dass sich ein Schwede für den auf der Helling stehenden Rumpf interessierte. Jedenfalls hielt sich der

Eigner zu dieser Zeit auf seinem Werftgelände auf.

Nach der Begrüßung begaben sich die drei Herren zunächst in das Office des Werteigners und der Supercargo erläuterte sein Anliegen für den Erwerb eines größeren Neubaus. Mister Elliot, der Eigner dieser Werft, erklärte, dass der auf der Helling liegende Rumpf in Kürze fertig gebaut und zu Wasser gelassen würde und dann auf Wunsch eines Käufers weiter ausgebaut werden könnte. Je nach beabsichtigter weiterer Ausstattung würde der Preis für die Takelung als Bark oder Fullrigger sich geringfügig ändern. Pro Last könne man mit einem durchschnittlichen Preis von einhundert Dollar pro Last rechnen. Bei kupferfester Ausführung des Rumpfes käme ein Aufschlag von zehn Dollar pro Last hinzu. Für die kupferfeste Ausführung des Rumpfes stünde das eigene Trockendock der Werft zur Verfügung. Mister Elliot legte alsdann die Ausführungspläne in der Takelung als Dreimastbark und als Fullrigger (Vollschiff) vor. Er erläuterte weiterhin die in den Ausführungsunterlagen enthaltenen Hauptabmessungen des fertigen Schiffskörpers:

Länge in der Wasserlinie	182	Fuß schwed.
Länge des Kiels	173	- „ -
Breite über Hauptspant gemessen	32	- „ -
Verhältnis Länge zu Breite	5,7:1	
Tiefgang vorn leer	7,4	- „ -
Tiefgang achtern leer	7,8	- „ -
Mittlerer Tiefgang leer	7,6	- „ -
Mittlerer Tiefgang beladen	14	- „ „
Senkrechte Zuladung	7	- „ -

Tragfähigkeit

Nach einer überschlägigen Formel ergibt sich daraus

$$\frac{182 \times 32 \times 7}{120} = 339{,}73 \quad \text{Roggenlasten a 6.000 Pfd}$$

$$= 509{,}60 \quad \text{Normallasten}$$

Das fertige Schiff wird also eine Tragfähigkeit von rund fünfhundertzehn Normallasten oder etwa tausendzwanzig Tonnen haben. Es würde also überschläglich zwischen sechsundfünfzigtausend beziehungsweise sechzigtausend Dollar kosten.

Der Supercargo überlegte einen Moment und sagte dann:

„Bevor wir zu einer vertraglichen Vereinbarung kommen, lassen Sie uns bitte zunächst einmal den Rumpf gründlich besichtigen. Wenn die Ausführung der Arbeiten meinen Vorstellungen entspricht, wäre ich mit dem Preis einverstanden, jedoch ergeben sich meinerseits bestimmt noch Änderungswünsche, die bestimmt auch noch preisliche Änderungen nach sich ziehen. Ich lade Sie für morgen Vormittag, sagen wir um zehn Uhr, zu einem Gespräch auf meiner Bark ein. Dort kann ich Ihnen dann am besten meine Vorstellungen für die Änderungen an dem Neubau mitteilen. Der künftige Kapitän wird voraussichtlich Herr Berglund sein. Auch darüber muss ich mit Ihnen noch sprechen, wie der Aufenthalt von Herrn Berglund während der restlichen Bauzeit des Schiffes hier in Baltimore geregelt werden kann. Und nun lassen Sie uns zur Helling schreiten."

Bevor man bei der Helling anlangte musste man zunächst an großen Stapeln von Planken und Kanthölzern vorbei. Da der Vorarbeiter sich inzwischen den drei Herren auf Anweisung seines Chefs hinzu gesellt hatte, gab er die nötigen Erklärungen ab, wo diese Hölzer am Schiffskörper eingebaut werden und aus welchen Holzarten sie stammten. An der Helling angelangt, begutachtete man zunächst die ausgeführten Arbeiten und fand daran nichts auszusetzen. Der Supercargo ergriff nun das Wort:

„ Meine Herren, an der Ausführung der Arbeiten habe ich nichts auszusetzen. Der Rumpf ähnelt in seinem ganzen äußeren Erscheinungsbild dem Rumpf meiner Bark *August Waterstraat*. Er ist jedoch etwas länger und schlanker und wirkt dadurch eleganter und schneller. Auch der Bug sieht mit seinen stärker ausgebildeten konkaven Formen hier etwas besser aus. Was mir jetzt vorschwebt, ist eine Veränderung des Hecks. Mister Elliot, könnte man die Aufbauten am Heck so ausführen, dass sie in der Breite bis an die äußere Beplankung reichen und in der Länge bis etwa sieben Fuß vor dem Besanmast, dabei die gesamte Achterkajüte etwa fünf Fuß im Deck versenken? Man hätte dadurch viel Raum für die Offiziere, den Kapitän und einige Passagiere gewonnen. Auch für die Crew bestünde mehr Platz für das Hantieren mit den Segeln. Die Lasten im Vorschiff könnten ebenfalls in der Breite bis an die äußere Beplankung reichen und nach vorne bis nahe an den Klüver. In der Höhe sollte der vordere Aufbau dem achteren Aufbau angepasst sein. Er stellt dann eine Back dar, von der aus das Vorgeschirr bedient werden kann. Auch der Kajütaufbau für die Crew am Fockmast sollte etwa fünf Fuß im Deck versenkt werden und die Höhe der Heckkajüte nicht überschreiten."

„ Mister Jachtmann, all dieses sind Veränderungen, die ich ohne Probleme auch noch am Schiffskörper im Trockendock und am Ausrüstungspier ausführen kann. Da ich mir dazu jedoch noch Ausführungszeichnungen anfertigen muss, kann die Ausführung der Arbeiten nicht sofort beginnen. Sie wünschen ja sicher die kupferfeste Ausführung des Rumpfes und ich denke, dass wir den Rumpf für diese Maßnahme zunächst am Montag von der Helling ablaufen lassen und daran anschließend ins Trockendock bringen."

Gemeinsam stieg man dann über eine Leiter an Deck des Rumpfes und begutachtete hier die Decksverlegung und die Vorbereitung der Sülle für die Öffnungen im Deck. Anschließend begab man sich über stabile Holzleitern in die Laderäume. In den Räumen waren einige Handwerker dabei, noch kleinere Restarbeiten zu erledigen, ansonsten waren auch hier die Arbeiten sauber ausgeführt worden.

Man stieg nun wieder an Deck und der Supercargo fasste seine Feststellungen in Worte:

„ Meine Herren, wir konnten gemeinsam feststellen, dass die bisherigen Arbeiten an diesem Rumpf in guter Qualität ausgeführt wurden. Das Schiff wird nach seiner Fertigstellung etwas mehr als tausend Tonnen tragen können. Ich bin fest entschlossen mit Mister Elliot einen Kaufvertrag abzuschließen. Kapitän Berglund nun noch eine Frage an Sie? Was meinen Sie, sollten wir den Weiterbau als Bark oder als Fullrigger ausführen? Ich behalte mir zwar die endgültige

Entscheidung vor, möchte aber doch vorab Ihre persönliche Meinung als befahrener und erfahrener Seemann hören."

„ Ich denke, dass dies ein Tiefwassersegler für Langreisen nach seiner Fertigstellung wird. Da somit auf langen Reisen mit stetigem Wind im Passat zu rechnen ist, kann ein Vollschiff hier seine Vorteile mehr zur Geltung bringen."

„Gut, Herr Berglund. Herr Elliot hat ja das Rigg für beide Varianten entworfen, so dürfte es kaum Verzögerungen für die Takelarbeiten geben, obwohl ich an dem Rigg sicher auch noch Veränderungen haben möchte. Meine Entscheidung werde ich Ihnen morgen an Bord meiner Bark mitteilen. Herr Elliot bereiten Sie bitte den Kaufvertrag vor, damit wir ihn noch in der nächsten Woche unterschreiben können und bringen Sie bitte auch alle bisher vorhandenen Baupläne mit. Als meine Bauaufsicht benenne ich Ihnen Kapitän Berglund. Ich wäre Ihnen sehr verbunden, wenn Sie für den Kapitän Kost und Logis für meine Rechnung bis zur Fertigstellung des Schiffes bereitstellen. Mister Elliot, sobald der Vertrag für den Bau des Schiffes unterzeichnet und notariell bestätigt ist, leiste ich Ihnen die erste Abschlagszahlung für den beilfertigen Rumpf. Die Höhe der einzelnen Ratenzahlungen werden im Vertrag je nach dem Stand der Bauabschnitte vereinbart. So meine Herren, das wär `s für heute. Morgen früh um zehn Uhr sehen wir uns also auf meiner Bark."

Kapitel VI

Noch am Nachmittag des neunundzwanzigsten Septembers informierte der Supercargo den Kapitän seiner Bark über den beabsichtigten Kauf eines noch im Bau befindlichen Schiffes auf einer hiesigen Werft.

„Der Kapitän des Charterschiffes *Götaland* hat den Wunsch geäußert, zunächst die Bauaufsicht auf der Werft und anschließend das Kommando auf dem neuen Großsegler zu übernehmen. Er hat seinen Ersten Steuermann für die Übernahme des Kommandos als Kapitän der *Götaland* vorgeschlagen. Der Zweite Steuermann wird im Kommando aufrücken. Einen neuen Zweiten müsste sich der neue Kapitän dann im hiesigen Heuerbüro beschaffen.

Für den morgigen Tag ist hier an Bord eine Zusammenkunft in meinem Salon vereinbart, wo es darum geht, den Kaufvertrag für das Neue Schiff aufzusetzen. An dem Treffen werden der Werfteigner Elliot, ein Notar, Kapitän Berglund, Sie Kapitän Schulze und ich teilnehmen Ich sah mich genötigt, für den Bau und späteren Betrieb eines so wertvollen Tiefwasserseglers einen erfahrenen Kapitän von einer kooperierenden Reederei abzuwerben. Dem Reeder werde ich nachher noch in einem Brief meine Beweggründe mitteilen. Ich rechne da nicht mit späteren Ärgernissen, weil ja die *Götaland* von unserer Gesellschaft gechartert ist und wir uns vertraglich entsprechende Maßnahmen vorbehalten haben. Für die Vorbereitung des Kaufvertrages habe ich von unserem Notar in Malmö entsprechende Blankoformulare in englischer und deutscher Sprache abfassen lassen. Es brauchen nur noch die endsprechenden Daten eingesetzt werden. Hoffen wir mal, dass die Amerikaner mit unserem Entwurf auch einverstanden sind. Sie Herr Kapitän, möchte ich bitten, die Baupläne unserer Bark bereit zu halten, damit wir bei irgendwelchen Unklarheiten beim Bau des neuen Schiffes besseres Verständnis erzielen können. So, das wär`s dann für heute. Ich höre jetzt gar keine Geräusche mehr von der Frachtübernahme, da müsste es ja wohl inzwischen Feierabend geworden sein.

Dann wollen wir mal auch Feierabend machen. Ich wünsche ihnen noch einen schönen Abend."

Anschließend machte sich der Supercargo daran, dem Reeder der *Götaland* in einem Brief mitzuteilen, dass er den Kapitän Berglund als Kapitän für das in Baltimore noch fertig zu bauende Vollschiff *Göta älv* gewonnen habe. Kapitän Berglund habe den I .Steuermann seines bisherigen Schiffes als seinen Nachfolger benannt. Der bisherige II. Steuermann wurde als I. Steuermann eingesetzt. Die Mannschaft der *Götaland* wurde von diesen Umbesetzungen in Kenntnis gesetzt. Ein neuer II. Steuermann soll hier in Baltimore in einem Heuerbüro gewonnen werden.

Im Brief folgten natürlich noch Erklärungen, welche Schritte dem Supercargo dazu bewogen hatten, so zu verfahren und natürlich auch eine entsprechende Entschuldigung.

Den Brief versiegelte er mit Wachs. Am Montag der kommenden Woche würde er ihn dem Makler zur weiteren Beförderung übergeben.

Alsdann bereitete er sich auf die morgige Verhandlung mit der Bauwerft vor. In seinem persönlichen Notizbuch hatte er sich einige Anhaltspunkte von der auf der Werft stattgefundenen

Beratung und Begehung notiert. In Gedanken ging er alles nochmals durch, unterstrich einige Punkte und setzte einige Ausführungen hinzu. Es ging bei dieser Aktion um sehr viel Geld und da musste man eben auch alles gründlich erwägen. Für den Kauf des Schiffes würde er zunächst sein Privatkapital einsetzen. Später würde man sehen, ob man die nähere Verwandtschaft beteiligen kann.

Noch bevor der Supercargo in seiner Koje zur Ruhe kam, dachte er an seine Familie in Stralsund und dass es nun auch endlich an der Zeit wäre, sich auf Heimatkurs zu begeben. Die Fracht aus Baltimore, bestehend aus Baumwolle und Tabak, würde man sehr günstig in Kopenhagen verkaufen können. Nach der Ankunft in Kopenhagen würde er mit der Fähre nach Malmö übersetzen und sich zumindest einen Tag bei der Familie von Schwager Wilhelm Freese aufhalten. Sicher wird dort und im Büro der Handelsgesellschaft auch schon eine Menge an Post auf ihn warten. In den nächsten Tagen müsste er nun mal für längere Zeit in das hiesige Zentrum, um einige Geschenke für die Lieben daheim einzukaufen. Endlich fielen ihm die Augen zu und er wurde von wohltuendem Schlaf übermannt.

Am Vormittag des Sonntags fand also die Verhandlung zum Kauf des noch auf der Helling stehenden Schiffsneubaus statt. Mister Elliot musste wohl noch bis in die Nachtstunden hinein an den Plänen gearbeitet haben, denn alle vom Supercargo gewünschten Änderungen waren bereits in den Unterlagen berücksichtigt. So konnte nach kurzer Prüfung dieser Punkt als erledigt betrachtet werden. Als nächster Punkt kam das Rigg zur Sprache. Der Supercargo erklärte, das er in Abstimmung mit dem künftigen Kapitän zu dem Schluss gekommen sei, das Schiff als Fullrigger zu takeln. Der Name des Vollschiffes soll *Göta älv* sein. Mister Elliot legte einen kompletten Satz Zeichnungen für diese Ausführung vor. Hierzu erklärte der Supercargo, dass man sich zunächst einmal das Rigg dieser Bark anschauen solle, damit nachher seine Ausführungen besser verständlich seien. An Deck der Bark erklärte Kapitän Schulze das gesamte Rigg und wies auf die Besonderheiten der Ausführung hin, die der Mannschaft ganz wesentlich die Arbeit erleichtern. Dazu gehörten auch die eisernen Handwinden, Umlenkrollen und eiserne Blöcke. Man besah sich anschließend auch noch das Vorgeschirr mit seinem Schutznetz unter dem Klüverbaum und das Ankergeschirr. Dann wurde die Verhandlung im Salon des Supercargos fortgesetzt. Martin Jachtmann erklärte, welche Änderungen er jetzt an den Ausführungsplänen der Werft für die Takelage wünsche. Gegenüber der eben an Deck gesehenen Ausführung des Ankergeschirrs wünsche er für das Vollschiff ein eisernes Gangspill mit einsetzbaren Spillspaken, einem Kettenkonus und Ankerketten. Die großen Segel auf den Untermasten und Bramstengen sind zu teilen, wie hier auf der Bark. Die neue erhöhte Back des Vollschiffes ist mit einer eisernen Reling zu umfassen, ebenso das gesamte Achterdeck. Mister Elliot notierte sich diese Wünsche. Er meinte dazu, dass die Pläne bis

zum morgigen Montag geändert sein würden. Nun kam man zu

dem wichtigsten Punkt der Verhandlung   -   Preis und Übergabe des Schiffes   -   . Der Orientierungspreis würde zwischen sechsundfünfzigtausend und sechzigtausend Dollar betragen. Die Übergabe würde am sechsundzwanzigsten Januar des nächsten Jahres (1839) stattfinden. Da der Stapellauf des Schiffes am zweiten Oktober stattfindet und der Rumpf anschließend ins Trockendock zur Bekupferung eingeschwommen wird, ist die erste Tranche des Kaufpreises in Höhe von fünfunddreißigtausend Dollar bis spätestens zum vierten Oktober 1838 zu entrichten.

Beide Vertragsparteien tauschten nun ihre vorbereiteten Dokumente aus und prüften, inwieweit diese übereinstimmten. Der anwesende Notar erklärte, dass er die Prüfung bis zum Morgen des zweiten Oktobers vollzogen haben werde. Man könne dann in seiner Kanzlei noch am Vormittag mit der endgültigen Abfassung des Dokumentes und den Unterschriften das Geschäft abschließen. Zwei weitere Ratenzahlungen in Höhe von je zehntausend Dollar bis zur Schlussabrechnung gelten für die Monate Oktober und November als vereinbart.

Der Supercargo erklärte im Anschluss an die Beratung, dass Kapitän Berglund gemeinsam mit dem Makler als dem hiesigen Vertreter der Malmö – Handelsgesellschaft von ihm autorisiert seien, bei Fertigstellung der nächsten beiden Arbeiten am Rigg und an der Ausrüstung die Zahlungen an die Werft zu leisten. Er selbst könne wahrscheinlich erst zur Übergabe des Schiffes wieder hier sein. Abschließend stellte er noch die Frage, was mit der Feier für den Stapellauf geschehen soll. Immerhin würde das Ereignis ja schon am kommenden Dienstag stattfinden. Mister Elliot erklärte, dass die Feier auch am Dienstag stattfinden kann. Die Besatzungen der *August*

Waterstraat und der *Götaland* seien dazu herzlich eingeladen. Ein Eventservice aus Baltimore hat die Versorgung und Unterhaltung der Gäste übernommen. Gegen zehn Uhr wird man den Schiffskörper zu Wasser lassen. Die Kosten des Events könne man sich je zur Hälfte teilen. So war denn auch diese Angelegenheit geklärt und die Verhandlung wurde beendet. Eine Abschlussberatung sollte bei der Vorlage des endgültigen Kaufvertrages kurzfristig einberufen werden

Der Supercargo bat die Kapitäne Berglund und Schulze noch in seinem Salon zu warten und sandte den II. Steuermann seiner Bark inzwischen zur Bark *Götaland ,* um den bisherigen I. Steuermann zu sich zu bitten.

Nachdem die vier Herren im Salon Platz genommen hatten, erklärte der Supercargo, dass die Herren nun ihre neuen Verträge als Kapitäne erhalten würden. Kapitän Schulze wird als Zeuge der Malmö- Handelsgesellschaft anwesend sein und die Verträge mit unterzeichnen.

Anschließend erhielt Kapitän Berglund seinen Vertrag als Kapitän des Vollschiffes *Göta älv* und der I. Steuermann der Bark *Götaland* Lundquist seinen Vertrag als Kapitän der Bark *Götaland.* Der II. Steuermann der *Götaland* wurde zum I. Steuermann befördert. Den Vertrag dafür nahm der neue Kapitän in Empfang.

Somit war auch diese Angelegenheit erledigt. Martin Jachtmann und Kapitän Schulze beglückwünschten die Kapitäne und anschließend gab es noch einen kleinen Umtrunk.

Am Montag, dem ersten Oktober, traf Mister Elliot am Vormittag mit den geänderten und ergänzten Plänen beim

Supercargo ein. Martin Jachtmann sandte sofort einen Boten zur „ *Götaland* und bat Kapitän Berglund zu sich, der gerade mit der Übergabe des Kommandos an seinen Nachfolger beschäftigt war. Gemeinsam besah man sich die in den Plänen eingearbeiteten Änderungen und bestätigte die Unterlagen mit Datum und Unterschriftsleistung. Nach der Anfrage von Mister Elliot, wie die Auszahlung der vereinbarten Zahlungen erfolgen sollen, sagte der Supercargo zu, den ersten Abschlag in Form einer Schatzanweisung der preußischen Staatsbank auf ein hiesiges Konto der Bauwerft sofort nach der Unterzeichnung des Vertrages zu leisten. Für die nächsten beiden Raten seien Kapitän Berglund und der Makler nach Prüfung der von der Werft vorzulegenden Forderung berechtigt,
die Auszahlungen anzuweisen. Eine entsprechende Vollmacht wird bei der von der Werft benannten Bank hinterlegt.

Für den Supercargo war bis auf eine Dienstanweisung für seinen neuen Kapitän, der auf der Werft bis zur Indienststellung des neuen Schiffes die Bauausführung überwachen sollte, alles erledigt. Diese Anweisung übergab er Kapitän Berglund am vierten Oktober und sprach sie nochmals mit ihm durch.

Am Abend des fünften Oktobers war die Frachtübernahme auf der *Götaland* beendet und am frühen Morgen des sechsten Oktobers verließ die Bark unter dem Kommando ihres neuen Kapitäns den Hafen von Baltimore mit Kurs auf den Hafen von Rotterdam. Vier Tage später, am Abend des zehnten Oktobers, folgte ihr die *August Waterstraat,* jedoch mit Kurs auf den Hafen von Kopenhagen.

Kapitel VII

Während Martin Jachtmann sich derzeitig auf der Bark *August Waterstraat* auf hoher See im Nordatlantik auf Heimatkurs befand, machte man sich in Malmö im Hause von Wilhelm Freese große Sorgen, denn mit der heutigen Post - man schrieb den achtzehnten Oktober - war ein Brief von Luise aus Stralsund eingetroffen. Sie berichtete, dass der Vater schwer an einer Lungenentzündung erkrankt ist und kaum noch Hoffnung auf eine Besserung vorhanden sei. Es wäre doch sehr wünschenswert, wenn es zumindest ihre Schwestern ermöglichen könnten, für einige Zeit nach Stralsund zu kommen. Sie wüsste ja, dass Martin noch unterwegs sei und sicher noch zwei bis drei Wochen brauchen werde, um endlich wieder zu Hause zu sein, aber gerade jetzt brauche die Mutter die Unterstützung ihrer Töchter.

Katherina musste sich zunächst erst mal setzen, denn sie konnte das eben Gelesene noch gar nicht fassen. Ihr Vater, der immer so große Stärke und strotzende Gesundheit ausgestrahlt hatte, sollte nun sterbenskrank und schwach im Bett liegen? Ganz langsam las sie Luises Zeilen noch einmal. Es gab keinen Zweifel, um den Vater schien es schlimm zu stehen. Sie musste sofort mit dem Brief zu Elisabeth. Offensichtlich war es notwendig, dass die Schwestern so schnell wie möglich nach Stralsund eilen müssten. Sie bat die Haushälterin Frau Jörnsson zu sich und schilderte ihr die Situation. Sie hatte sich inzwischen entschieden ihre Schwester Elisabeth, die ja hier in der Nähe wohnte, selbst über die Lage im Elternhaus zu unterrichten. Frau Jörnsson wurde also gebeten, inzwischen die beiden Kinder zu beaufsichtigen, während sie zur Schwester eilte. Unterwegs dachte sie daran auch ihren Ehemann Wilhelm zu benachrichtigen, der sich gegenwärtig wohl im Kontor am Hafen aufhalten müsste, aber das hätte vielleicht noch Zeit bis zum Abend. Sie traf ihre Schwester Elisabeth zu Hause an. Auch Schwiegermutter Eva Bengtson war gerade anwesend. Nach der herzlichen Begrüßung las Katherina die ernste Botschaft Luises vor, die bei den beiden anderen Damen große Besorgnis auslöste. Man beriet nun gemeinsam, dass zumindest die beiden Schwestern dringend für einige Zeit nach Stralsund reisen müssten. Eva Bengtson erbot sich, für die Zeit der Abwesenheit ihrer Schwiegertochter die Betreuung der kleinen Enkelin zu übernehmen. Im Hause von Wilhelm Freese würden Frau Jörnsson und das Hausmädchen Karin Svensson sicher sehr gern bereit sein, die Betreuung der beiden Kinder zu übernehmen. Man müsste jetzt noch mit Wilhelm und Gustav sprechen und sie von der Notwendigkeit der Reise nach Stralsund überzeugen. Die beiden Schwestern begaben sich anschließend an das kurze Gespräch auf den Weg zum Kontor der Handelsgesellschaft, um ihre Ehemänner zu informieren. Sie trafen Wilhelm und Gustav in einem Fachgespräch mit anderen Herren des Vorstandes verwickelt auch tatsächlich im Kontor an. Diskret wurden die beiden Herren durch einen Mitarbeiter des Kontors darüber informiert, dass ihre Ehefrauen sie in einer sehr ernsten Angelegenheit dringend zu sprechen wünschten. Die beiden Herren entschuldigten sich bei ihren Gesprächspartnern und waren sehr beunruhigt, was ihre Damen wohl Ernsthaftes zu berichten hatten, wenn sie zusammen hier aufmarschierten und sie in einem geschäftlichen Disput störten. Nach der Begrüßung übergab Katharina Wilhelm den Brief Luises. Wilhelm überflog die Zeilen im Schnellgang und mit ernster Miene reichte er den Brief weiter an Schwager Gustav. Wilhelm begab sich nochmals kurz in den soeben verlassenen Raum und informierte die Geschäftspartner, dass sein Schwiegervater sehr ernst erkrankt sei und er deshalb mit Schwager Gustav und den beiden Töchtern von August Waterstraaat bereits am morgigen Tag für einige Zeit nach Stralsund verreisen müsste. Dafür äußerten die Geschäftspartner ihr Verständnis. Oscar Bengtson würde die Geschäftsleitung sicher auf dem Laufenden halten. Man verabschiedete sich in der Hoffnung, dass es dem Teilhaber August Waterstraat gelingen möchte, sich nicht von der Krankheit überwältigen zu lassen.

Gustav und Wilhelm begaben sich jetzt mit ihren Ehefrauen auf den Weg zum Bengtsonschen Haus in der Altstadt Malmös. Noch unterwegs wurde besprochen, was alles sofort für die Reise noch vorzubereiten wäre. Noch wusste man ja nicht wie ernst es wirklich um den Vater beziehungsweise den Schwiegervater wirklich stand. Man müsste sich wohl auf einen Aufenthalt von mindestens zwei Wochen in Stralsund einstellen. Mit der Reise hätte man insofern Glück, dass am morgigen Freitag der Postdampfer von Malmö nach Stralsund fahren würde. Gustav machte sich sofort auf den Weg zur Post und buchte die erforderlichen Plätze. Als er wieder zu Hause eintraf, begann er sofort mit der Vorbereitung seines persönlichen Gepäcks. Im Nebenraum war auch seine Frau gemeinsam mit seiner Mutter dabei, sich für die Reise vorzubereiten. Sicherheitshalber packte man auch Sachen für einen eventuell eintretenden Ernstfall mit ein. Man müsste eben auf alles vorbereitet sein.

Am frühen Morgen des neunzehnten Oktobers fanden sich die beiden Töchter Augusts und deren Ehegatten am Hafen in Malmö ein und bestiegen den Postdampfer. Gegen sieben Uhr ertönte die Signalpfeife des Dampfers und seine Seitenräder begannen sich langsam zu drehen. Mit langsamer Fahrt dampfte er an den am Bollwerk vertäuten Handelssseglern vorbei und erreichte schließlich das tiefere Fahrwasser des Öresundes. Nach weiteren zwei Stunden hatte man Falsterbo querab und erreichte allmählich das unruhigere Wasser der freien Ostsee, was sich auf die Damen und auf Gustav mit dem Beginn einer leichten Übelkeit auswirkte. Raddampfer zeigten bei unruhiger See kein gutes Seeverhalten. Auch dieser Dampfer machte da keine Ausnahme. Im Oktober herrschen hier in der westlichen Ostsee zumeist westliche Winde vor und der Dampfer bewegte sich auf südlichem Kurs bei vier Windstärken nach Beaufort. Er hatte also mäßigen Wind und mäßigen Seegang von der Steuerbordseite. Für Menschen, die ständig an Land leben und einen empfindlichen Gleichgewichtssinn und eventuell auch noch einen schwachen Magen haben, reichten die Verhältnisse an Bord aber schon für eine Seekrankheit aus. So war man doch sehr froh, dass man nach einer Fahrt von weiteren sechs Stunden die Ansteuerung des Stralsunder Hafens bei der Insel Hiddensee erreichte und nun wieder in ruhiges Gewässer kam. Gegen drei Uhr am Nachmittag erreichte man den Hafen von Stralsund. Das

Gepäck beförderte ein Dienstmann zum Haus in der Heilgeiststraße. Ansonsten war der Weg vom Fähranleger über die Wallanlagen bis zum Elternhaus von Katherina und Elisabeth nicht weit.

So schnell hatte man hier de Verwandten aus Schweden noch nicht erwartet, trotzdem war im Haus alles vorbereitet für ihren Empfang. Das Gepäck war inzwischen auch schon eingetroffen und von der Dienerschaft auf die einzelnen Räume verteilt, ausgepackt und in die entsprechenden Schränke eingeräumt worden. Luise und ihre Mutter nahmen die Gäste herzlich, aber in aller Stille in Empfang. Im Salon des ersten Obergeschosses ließ man sich um den großen runden Tisch versammelt, zu einem ersten Gespräch und zu einem kleinen Imbiss nieder.

Luise eröffnete nun das Gespräch:

„ Ich habe die Eltern schon vor einigen Wochen zu mir geholt, weil Vater da schon klagte, dass er sich krank fühle. Irgendwie hatte er sich auf einer seiner geschäftlichen Einkaufsfahrten eine Erkältung eingefangen. Leider hatte er diese nicht ernst genommen und also in der Folge nicht auskuriert. Weil Martin ja unterwegs nach Schweden und dann mit der Bark nach Amerika war, sah sich Vater veranlasst, das Geschäft für die Beschaffung von Ware vertretungsweise zu übernehmen, obschon dafür ja auch eigentlich unser Verwalter zuständig war. Mutter und ich haben versucht ihm das auszureden, aber ihr kennt ja den Vater. So ist es dazu gekommen, dass er vor vier Tagen stark zu husten begann und Fieber bekam. Ich benachrichtigte unseren Hausarzt, der ihn gründlich untersuchte und letztendlich eine Lungenentzündung diagnostizierte. Er verschrieb mehrere Mittel gegen die Krankheit und ordnete neben strenger Bettruhe auch fiebersenkende Behandlungsmethoden an. Leider hat das alles bisher nichts gebracht. Sein Zustand hat sich nicht gebessert. Der Doktor war gerade heute Morgen wieder da. Er führte im Anschluss an die Untersuchung ein ernstes Gespräch mit der Mutter und mir und meinte, dass wir uns auf das Schlimmste gefasst machen müssten, so bin ich denn froh, dass ihr jetzt hier seid und uns in dieser schweren Zeit Beistand leistet."

Kapitel VIII

Am zehnten Oktober verließ die Bark *August Waterstraat* den Hafen von Baltimore. Auf der nördlichen Segelschiffsroute überquerte sie bei vorwiegend westlichen Winden und wechselhaftem Wetter ohne Zwischenfälle den Atlantik. Am achtundzwanzigsten Oktober hatte man morgens Lizard point querab und stand nun vor dem Eingang des Englischen Kanals. Der Schiffsverkehr wurde jetzt lebhaft und die Zeit des eintönigen Einerleis auf See war vorbei. Der Supercargo hatte jedoch keine Langeweile verspürt, denn auf dieser Rückreise hatte er einen Gast in seiner Kajüte. Es handelte sich um einen dänischen Kaufmann aus Kopenhagen, der zu einer Einkaufstour in den Vereinigten Staaten unterwegs gewesen war. Mit diesem Unternehmer konnte sich der Supercargo über alle Probleme, die ihn bewegten, bestens ungestört unterhalten. So verlief die Reise nach Kopenhagen für die beiden Herren viel zu schnell. Am dreißigsten Oktober passierte die Bark Dover querab an Backbord und am dritten November erreichte man trotz wechselnder Winde und unruhiger See Skagen. Am Vormittag des vierten Novembers lief die Bark *August Waterstraat* in den Handelshafen von Kopenhagen ein. Auch hier gab es jetzt einen Dampfschlepper mit Seitenrädern, der den großen Segler sicher von der Reede in den Hafen einbrachte. Der dänische Hafenlotse war ganz erstaunt, dass an diesem Tag gleich zwei große Segler der gleichen Reederei in den Hafen von Kopenhagen einliefen und befragte hierzu den Kapitän. Kapitän Schulze antwortete darauf:

„Da könnte es sich eigentlich nur um die große Brigg

Charlotte-Luise handeln. Sie gehört dem Supercargo dieser Bark und ist zurzeit an die Malmö-Handelsgesellschaft verchartert. Sie hat am vierzehnten September New York nach Baltimore verlassen, hat da Tabak und Baumwolle geladen und war von dort nach Rotterdam unterwegs. Von Rotterdam sollte sie nach Newcastle segeln, Kohle laden und damit nach Kopenhagen abgehen. Wenn man es sich so richtig überlegt, muss die Brigg da ganz schön schnell unterwegs gewesen sein, war sie doch vier Tage vor uns von New York abgegangen und hatte immerhin zwei Häfen mehr als wir angelaufen. Eigentlich hätten wir sie noch sehen müssen, zumindest auf den letzten Meilen hierher. Da wird sich der Supercargo aber freuen, sein Schiff unversehrt hier im Hafen vorzufinden."

Martin Jachtmann war in der Tat sehr über die Nachricht erfreut, dass seine Brigg kurz vorher ebenfalls hier in Kopenhagen eingetroffen war. Obwohl er an diesem Tag nur wenig Zeit erübrigen konnte, denn er wollte ja noch vor dem Abend mit der Fähre nach Malmö übersetzen, um am morgigen Tag mit dem Postdampfer nach Stralsund zu reisen, ließ er es sich nicht nehmen, seiner Brigg noch einen Besuch abzustatten. Sie lag nicht weit von der Bark entfernt ebenfalls im Handelshafen. Ein schmuckes Schiff, dachte der Supercargo so bei sich und ordentlich was tragen konnte sie auch.

An Bord der Brigg wurde er von Kapitän Krause empfangen und freundlich begrüßt. Im Salon des Kapitäns erklärte der Supercargo, dass er nur kurz an Bord bleiben könne, denn er müsse ja heute noch weiter nach Malmö und dann so schnell wie möglich weiter nach Stralsund. Er habe das Gefühl, dass dort gerade etwas Ernstes passiert sei in der Familie.

„Herr Krause, meine Order für Sie lautet, noch eine Reise in diesem Jahr mit Weizen von Göteborg nach New York. Wir haben heute den vierten November. Am zwölften November könnten Sie hier fertig sein, am dreizehnten November in Göteborg einlaufen und dort am zweiundzwanzigsten November wieder auslaufen. Von Göteborg laufen sie diesmal Baltimore an und auf dem Rückweg direkt wieder Kopenhagen. Um Mitte Dezember herum könnten Sie in Baltimore ankommen und eventuell noch vor dem Jahreswechsel wieder auslaufen. Das Weihnachtsfest werden Sie also in Baltimore verbringen. Die gute Nachricht ist die, dass die ganze Besatzung der Brigg für den Monat Dezember doppelte Heuer als Gratifikation bekommt. Damit das ganze Geld aber nicht im Ausland vertan wird, werde ich die Gratifikation an die Familien zuhause auszahlen lassen. In die Geschäfte hier in Kopenhagen mische ich mich nicht ein, ich denke, Sie werden schon das Richtige tun. Haben Sie jetzt noch eine Frage an mich? Ich habe es nämlich schon erwähnt, dass ich es heute sehr eilig habe. Etwa eine halbe Stunde bin ich noch auf der Bark, danach eile ich zur Malmö-Fähre. Ich wünsche Ihnen und der Crew noch alles Gute für den Rest des Jahres!"

Nach diesen Worten verabschiedete sich der Supercargo und begab sich wieder an Bord der Bark. Dort angekommen hatte er noch Anweisungen mit dem Kapitän abzusprechen.

„ Herr Schulze, wenn Sie hier in Kopenhagen alles erledigt haben versegeln Sie nach Göteborg. Ich denke mal, das wird so in zehn bis zwölf Tagen soweit sein, also etwa um den sechzehnten November herum. In Göteborg nehmen Sie eine volle Ladung Weizen an Bord. Anschließend beurlauben sie die Crew bis auf zwei oder drei Mann, die in Göteborg zuhause sind. Diese drei Leute müssen Schiff und Ladung abwechselnd bewachen. Da ich spätestens am fünfundzwanzigsten Januar wieder in Baltimore sein muss, um das neue Schiff zu übernehmen, bin ich voraussichtlich am dritten Januar wieder in Göteborg bei Ihnen an Bord. Übrigens, der Urlaub wird für alle voll bezahlt. Als besondere Gratifikation gibt es für die ganze Besatzung für den Monat Dezember doppelte Heuer. Sie zahlen das aus, wenn das Schiff wieder mit voller Ladung für Baltimore im Hafen von Göteborg liegt. Wir sehen uns dann also voraussichtlich am dritten Januar wieder. Bis dahin wünsche ich Ihnen alles Gute, ein frohes Weihnachtsfest und einen guten Rutsch ins Neue Jahr! So und nun brauche ich noch jemand, der mein Gepäck zur Fähre schafft!"

Kapitän Schulze beorderte den Bestmann herbei, um das Gepäck des Supercargos zur Malmö-Fähre zu schaffen.

Gegen drei Uhr am Nachmittag traf Martin Jachtmann in Malmö ein. Sein Gepäck ließ er durch einen Dienstmann vom Hafen zur Wohnung seines Schwagers Wilhelm Freese bringen. Er trug ihm auf, Bescheid zu geben, dass er dort in etwa einer Stunde vorbei kommt. Inzwischen begab er sich zum Büro der Handelsgesellschaft. Er traf dort den Vater seines Schwagers Gustav Bengtson an, der ihm mit sehr ernstem Gesicht entgegentrat und ihm mitteilte, dass sein Schwiegervater August sehr schwer erkrankt sei. Das hätte Luise in einem Brief aus Stralsund mitgeteilt, der am achtzehnten Oktober hier eingegangen war. Auf Grund dieser brieflichen Mitteilung seien Wilhelm mit Katherina und Gustav mit Elisabeth am neunzehnten Oktober nach Stralsund abgereist. Martin sagte darauf:

„Ich hatte schon unterwegs auf dem Atlantik die ganze Zeit über so ein komisches Gefühl, dass zuhause irgendetwas nicht in Ordnung ist. So hat mich mein Gefühl doch nicht getrogen. Wie komme ich jetzt am schnellsten nach Stralsund?"

„Das ist kein Problem Martin. Noch heute Abend kannst du mit deiner guten alten *Flora* abreisen. Sie liegt im Getreidehafen und macht gerade klar zum Auslaufen. Hier bei uns läuft das Geschäft. Wir haben keine Probleme. Übrigens, die Kinder der beiden Familien sind hier unter guter Obhut. Bevor du abreist schreibe ich noch einige Zeilen für Gustav und Elisabeth und lasse den Brief nachher noch zur *Flora* bringen."

„Oscar, ich hatte mein Gepäck von der Fähre durch einen Dienstmann zu Wilhelms Wohnung schaffen lassen, weil ich dachte ich käme heute hier nicht mehr weg. Bevor ich also zur *Flora* marschiere muss ich dort noch mal hin und persönlich Bescheid geben, was ich vorhabe. Es freut mich sehr, dass ich mal wieder auf meiner *Flora* eine kleine Reise mitmachen kann, andererseits bin ich natürlich traurig, dass es um meinen Schwiegervater so ernst steht. Ich mache mich dann mal auf den Weg. Dir und deiner Frau wünsche ich jedenfalls ein schönes und friedliches Weihnachtsfest. Mach es gut Oscar!"

Martin begab sich also zum Haus von Wilhelm Freese und machte dabei einen kleinen Umweg zum Fähranleger, um einen Dienstmann für den Transport seines Gepäcks zu bekommen. Mit dem Dienstmann begab er sich dann zum Haus von Wilhelm Freese. Frau Jörnsson, die Haushälterin, öffnete ihm die Tür und hieß ihn herzlich willkommen, jedoch mischte sich dann ein trauriger Ton in ihre Worte als sie verkündete, dass das Ehepaar Freese wegen einer schweren Erkrankung des Vaters am neunzehnten Oktober nach Stralsund abgereist sei.

„Frau Jörnsson, ich war soeben bei Oscar Bengtson im Büro. Er hat mich schon von der schweren Erkrankung meines Schwiegervaters unterrichtet. Ich muss nun ebenfalls ganz dringend nachhause. Ich wollte nur mein Gepäck wieder abholen, denn heute Abend kann ich mit meinem alten Schiff nach Stralsund mitfahren. Ich muss mich also beeilen, denn das Schiff bereitet sich gerade jetzt zum Auslaufen vor. Ich wünsche Ihnen und dem Mädchen alles Gute und vor allem ein frohes und gesundes Weihnachtsfest!"

„Herr Jachtmann auch ich möchte Ihnen alles Gute wünschen! Hoffentlich wendet sich in Stralsund für Ihren Schwiegervater noch alles zum Besseren!"

An Bord der Galeasse *Flora* wurde Martin bereits vom Schiffer Karl Kröger erwartet, der ihn herzlich begrüßte. Die Galeasse war zum Auslaufen bereit und gleich nach Übernahme des Gepäcks ertönte das Kommando „Leinen los!" und das Schiff legte ab. Langsam füllten sich die Segel mit dem mäßigen Wind und die Galeasse strebte mit langsamer Geschwindigkeit aus dem Hafen. Zwei Stunden später hatte man Falsterbo querab an Backbord und erreichte die freie See.

Am Nachmittag des fünften Novembers lief die Galeasse in den Stralsunder Hafen ein. Noch auf See hatte Martin sich von

Karl Kröger unterrichten lassen, wie das Jahr im Großen und Ganzen für das Geschäft verlaufen war. Karl Kröger legte ihm dazu die entsprechenden Journale vor. Insgesamt hatte er mit der Galeasse einen sehr ordentlichen Gewinn erwirtschaftet. Noch war das Jahr nicht zu Ende, denn ein bis zwei Touren von Stralsund nach Malmö könnte man vor Weihnachten noch schaffen. Martin lenkte das Gespräch dann in eine etwas andere Richtung.

„Sag mal Karl, was hältst du davon, als Schiffer auf einem neuen Schoner zu fahren mit deiner jetzigen Mannschaft? Ich habe vor, eventuell einen Schoner in Stettin bei Möller bauen zu lassen. Die gute *Flora* wird jetzt langsam alt und irgendwann werden dann größere Reparaturen anfallen, sodass sich ihr Einsatz dann nicht mehr rentiert. Ein neuer schneller Schoner würde sich gerade hier in der Ostsee schnell bezahlt machen."

„Darüber habe ich auch schon nachgedacht. Ich hatte schon mit dem Gedanken gespielt, dir den Vorschlag zu machen, mir die *Flora* auf Raten zum Zeitwert zu verkaufen, aber deine Idee mit dem neuen Schoner gefällt mir besser. Ich hätte ja bei einem Kauf der *Flora* neben den Raten dann auch alle anderen finanziellen Risiken zu tragen und dafür habe ich ja gar keine Rücklagen."

„Gut Karl, dann machen wir das so. Bis zum Ende des nächsten Jahres setze ich die *Flora* für die Malmö-Handelsgesellschaft noch ein. Danach wird sie verkauft. Möller erhält von mir den Auftrag für den Bau eines neuen Schoners mit etwa einhundertzwanzig Lasten Tragfähigkeit. Der Schoner wird in etwa die schnittigen Linien der *Miranda* haben. Über das Rigg müssen wir noch nachdenken. Auf alle Fälle soll er schnell sein und für seine Größe auch sehr wendig. Er soll praktisch in allen Fahrtgebieten einsatzbereit sein.

Soweit dazu. In diesem Jahr gibt es zum Weihnachtsfest für die ganze Besatzung eine Heuer zusätzlich als Gratifikation. Ich zahle sie noch vor Weihnachten beim nächsten Aufenthalt in Stralsund aus. Das kannst du den Leuten mitteilen. Wenn du willst, kannst du der Crew auch meinen Vorschlag von dem geplanten Bau eines neuen Schoners mitteilen, dann haben alle mehr Zeit, sich mit dem Gedanken der Erweiterung des Fahrtgebietes mit einem neuen Schiff vertraut zu machen.

Kapitel IX

Sofort nach dem Einlaufen der Galeasse in den Stralsunder Hafen begab sich Martin Jachtmann eiligen Schrittes nachhause. Sein Gepäck brachten kurze Zeit später zwei Matrosen der *Flora*. Die Haustür wurde ihm von dem alten Hausdiener geöffnet, der ihn mit verweinten Augen begrüßte und ihm Bescheid gab, dass die gesamte Familie im Obergeschoss des Hauses im Schlafzimmer der Eltern versammelt sei. Jetzt wusste Martin, dass es mit dem alten Herrn zu Ende ging. Er eilte, fast immer zwei Stufen auf einmal nehmend, die Treppe hinauf und fand im Schlafzimmer der Eltern die Familie um das Bett des Schwerkranken versammelt. Der Hausarzt war auch noch da und befühlte gerade den Puls. Besorgt schüttelte er den Kopf und sagte dann, dass es zu Ende ginge. Augusts Gesicht war schweißbedeckt, heftiges Fieber schüttelte seinen Körper und ein Röcheln entwich seinem Mund. Plötzlich schlug er die Augen auf und sah seine Familie um das Bett versammelt. Ein letztes vom Schmerz in der Brust verzerrtes Lächeln umspielte sein Gesicht, dann erfolgte ein letztes Aufbäumen des Körpers. August Waterstraat hatte seinen endgültigen Frieden gefunden. Es sah fast so aus, als hätte der Kranke nur noch auf den Moment gewartet, wo auch der letzte seiner Lieben noch eingetroffen war. Mutter Charlotte brach vom Gram gebeugt zusammen und wurde von ihren Töchtern davor bewahrt zu Boden zu stürzen.
Alle sahen sich erschüttert an und auch die Schwiegersöhne wischten sich verstohlen Tränen aus den Augen. Während der

Doktor noch den amtlichen Totenschein ausschrieb, kehrte das Leben langsam in die Hinterbliebenen zurück. August hatte zu seinen Lebzeiten rechtzeitig Vorsorge für seine Lieben getroffen. Sein Testament lag beim Anwalt der Familie vor. Er hatte es schon lange vor seinem Ende geschrieben und seiner Frau Charlotte vorgelesen. Darin war festgehalten, dass seine Ehefrau und seine Töchter alle zu gleichen Teilen das Vermögen erben. Auch das Personal des Haushaltes und des Geschäftes wurde mit Vermächtnissen bedacht. Schwiegersohn Martin wurde mit Augusts Anteil an der Bark *August Waterstraat* und dem Anteil an der Malmö-Handelsgesellschaft bedacht. Das waren soweit die wichtigsten Festlegungen aus dem Testament. Zu erwähnen bleibt noch, dass Augusts Schwester mit einem Anteil von fünftausend Talern bedacht wurde. Festgelegt war auch noch, dass August in einer doppelten Grabstätte auf dem Friedhof in Ahrensfelde in aller Stille beigesetzt werden möchte.

Noch an diesem Abend beriet die Familie, welche Schritte sofort und in den nächsten Tagen zu erledigen wären. So musste Martin mit Luise am nächsten Tag zunächst zum Bestatter und zur Kirchgemeinde, um den Beisetzungstermin und alles was damit im Zusammenhang stand festzulegen. Den Gedenkstein für die Grabstätte hatten August und Charlotte schon vor längerer Zeit anfertigen und aufstellen lassen. Es brauchten nur noch die Sterbedaten eingearbeitet werden. Martin bat die Kirchgemeinde, den Steinmetz damit zu beauftragen, da ihm jetzt die Zeit fehle, das selbst abzusprechen.

Als nächstes fuhr man zum Anwalt der Familie, um einen

Termin für die Testamentseröffnung festzulegen. Dann fuhr man weiter zum Büro des Verwalters der Speicher und sonstigen Liegenschaften Augusts. Dort traf man Absprachen zur Vorlage der verschiedenen Journale. Abschließend fuhr das Paar noch zur Nebenstelle der Bank von Preußen und bat den Geschäftsführer nach Vorlage des Totenscheines um Akteneinsicht in das Kontobuch.

Am Abend traf man wieder im Familienkreis zusammen. Hier verkündete Martin, dass das Geschäft des Getreidehandels in Stralsund veräußert werden soll. Er habe einen Interessenten, der einen soliden Preis dafür zahlen wird. Weiterhin verkündete er die Ergebnisse des heutigen Tages:

„Die Beisetzung Augusts wird am Freitag, dem neunten November, auf dem Friedhof Ahrensfelde stattfinden. Mit der Gutsverwaltung des Gutes Ahrensfelde ist abgesprochen, dass im Anschluss an die Beisetzung ein Mittagsmahl im Gutshaus gegeben wird.

Die Testamentseröffnung wird beim Anwalt der Familie am achten November vormittags um neun Uhr und dreißig Minuten stattfinden. Hierzu möchte ich Katherina bitten, mit Wilhelm zu Augusts Schwester zu fahren, die Nachricht von Augusts Ableben zu überbringen, den Ort und den Termin der Beisetzung zu verkünden und den Ort sowie den Termin der Testamentseröffnung bekannt zu machen.

Die Einsicht in das Kontobuch bei der Bank von Preußen hat ein Guthaben von rund einhundertfünfzigtauend Talern ergeben.

Der Verwalter für die Speicher und anderen Liegenschaften wird uns morgen die Bücher mitbringen und Rechenschaft über seine Tätigkeit ablegen.

Weiterhin möchte ich, dass wir gemeinsam beschließen, die Geschäftstätigkeit des Getreidehandels in Stralsund zu beenden. Der Ertrag aus dem Verkauf des Getreidehandels wird zu gleichen Teilen an die Witwe und die Töchter von August ausgezahlt sobald das Geld auf dem Konto Augusts eingegangen ist.

Nun habe ich noch zu verkünden, dass ich im Frühjahr des nächsten Jahres meinen Wohnsitz ebenfalls nach Malmö verlegen werde. Das habe ich schon vor einiger Zeit mit Luise und der Mutter abgesprochen. Mutter wird also auch mit nach Schweden kommen und wir werden sie in unserem Haushalt aufnehmen. Das bedeutet also, dass wir euch bitten, bis zum Frühjahr eine geeignete Immobilie in Malmö, möglichst in der Nähe des Sundes in der Vorstadt, für uns zu finden.

Als letzte Punkte möchte ich noch anfügen, dass das Gut Ahrensfelde ebenfalls veräußert wird und zwar mit allen Gebäuden, baulichen Anlagen, sowie dem Grund und Boden.

Der Ertrag aus der Veräußerung geht ebenfalls zu gleichen Anteilen an die Erben. Das Gleiche trifft auch für das Grundstück in der Heilgeiststraße in Stralsund zu, sobald es nach unseren Umzug nach Malmö verkauft wird.

Nun wird es noch nötig sein, sofort die Einladungen zu der Beisetzungsfeier zu versenden. Zwar hat der Verstorbene in seinem Testament verfügt, dass seine Beisetzung in aller Stille erfolgen soll, aber einige wichtige Verwandte, Freunde und Honoratioren sollten wir allein schon aus taktischen Erwägungen heraus einladen. Wir sind zusammen mit Augusts Schwester und Ehemann acht erwachsene Personen. Dazu kämen der Pfarrer und das Verwalterehepaar. Luise sollte uns sagen, wer noch einzuladen wäre, sodass wir ungefähr auf dreißig Personen kommen, für die dann nach der Beisetzungsfeier die Tafel im großen Speisesaal des Gutshauses eingedeckt ist.

Soweit noch ein wenig Zeit bleibt, fange ich morgen früh an, mit Luise alle Vermögenswerte zusammenzustellen.

Für heute dürfte alles soweit geregelt und gesagt sein. Ich möchte jetzt anschließend noch Wilhelm und Gustav sprechen über mein Projekt Tiefwassersegler."

Nachdem die Damen den Salon verlassen hatten erklärte Martin seinen Schwägern nochmals das Vorhaben mit dem Bau eines großen Tiefwasserseglers auf einer amerikanischen Werft an der Ostküste der USA.

„ So meine Lieben, jetzt sind wir unter uns. Wir werden also ab sofort für unsere Familien größere Verantwortung tragen müssen. Ich weiß gar nicht mehr, ob ich euch schon mal von meinem Vorhaben mit dem Bau eines zweiten großen Tiefwasserseglers erzählt habe. In letzter Zeit war mein Leben sehr abwechselnd und da kann schon mal was vergessen. Also fange ich nochmal von vorne an. Mit der Bark hatte ich gleich bei ihrer ersten Fahrt einen sehr guten Ertrag erzielt. Es kam mir dabei natürlich die Missernte in den USA sehr gelegen. Es zeigte sich aber auch, dass es sich rentiert, ein großes Schiff auf Langfahrten einzusetzen. Jetzt bleibt zu überlegen, das Geld zum Teil in Projekte einzubringen, die nicht nur auf kurze Sicht Gewinn einbringen. Ich mache euch daher folgenden Vorschlag: Ich habe in Baltimore einen beilfertigen Rumpf auf einer Werft erstanden, aus dem man eine Bark oder ein Vollschiff fertig bauen kann. Mittlerweile ist der Rumpf im Trockendock der Werft mit Kupfer beschlagen und zu Wasser gelassen worden. Er liegt jetzt am Ausrüstungskai der Werft, wo die Endfertigung erfolgt. Ich hatte in New York einen erfahrenen Kapitän von einer Bark abgeworben, den ich dann auf der Werft als Bauaufsicht und späteren Kapitän des Schiffes eingesetzt habe. Das Schiff wird als Fullrigger getakelt. Es soll nach der Fertigstellung weltweit eingesetzt werden. Bisher habe ich schon fünfunddreißigtausend Taler aus meinen persönlichen Mitteln in das Projekt investiert. Insgesamt werden sich die Baukosten auf etwa fünfundsechzigtausend Taler belaufen. Noch hat die Vermessung nicht stattgefunden, aber ich denke das Schiff wird etwas mehr als eintausend Tonnen tragen können. Die Übergabe des Schiffes soll am sechsundzwanzigsten Januar in Baltimore erfolgen. Nach meinen Vorstellungen soll es anschließend eine Ladung Baumwolle und Tabak für Rotterdam für eigene Rechnung übernehmen, die Fracht günstig in Rotterdam verkaufen und anschließend in Ballast nach Newcastle versegeln. Dort soll die *Göta älv,* so heißt das neue Schiff, eine volle Ladung Kohle für Kopenhagen für ebenfalls eigene Rechnung übernehmen. Ich denke mal, dass wir dann etwa Mitte März nächsten Jahres in Kopenhagen sind. Es wird wohl meine letzte Reise über den Großen Teich werden, denn das musste ich Luise versprechen. Euch schlage ich nun eine Beteiligung an dem Schiff mit jeweils fünfzehn Prozent vor. Zahlen könnt ihr den Betrag auf mein Konto bei der Rijksbank in Malmö. Das wären für jeden von euch rund fünfzehntausend Taler. Eure Damen bekommen die erste

Tranche ihrer Erbschaft sofort nach der Testamentseröffnung. So werdet Ihr das Vermögen, schon zum Teil gut anlegen können. Ich bin ja nun am fünften November mit meiner guten alten *Flora* von Malmö gekommen. Da hab ich unterwegs gedacht, dass ich die Galeasse im Herbst kommenden Jahres verkaufe und mir einen neuen schnellen Schoner bei Möller in Stettin bauen lasse. Der Schoner sollte etwa einhundertzwanzig Lasten tragen können. Vom Frühjahr bis zum Herbst sollte er in der Ost- und Nordsee unterwegs sein und im Winter im Mittelmeer. Schiffer Karl Kröger würde als Bauaufsicht in Stettin den Bau überwachen und nach der Fertigstellung das Schiff als Kapitän führen. Seine Leute könnten vorübergehend auf meinen anderen Schiffen eingesetzt werden. Mit Karl Kröger habe ich deswegen schon gesprochen. Er hatte sich schon darüber Gedanken gemacht, mir den Vorschlag zu unterbreiten, die *Flora* selbst zu erwerben. Ich riet ihm davon ab, da er für den Ankauf der Galeasse einen Kredit benötigt und für eventuell fällige Reparaturen in den nächsten Jahren keine Rücklagen hat.

Auch an der Anschaffung dieses neuen Schoners könntet ihr euch mit je einem Drittel beteiligen. Noch eine andere Möglichkeit der Geldanlage wäre natürlich eine Erhöhung der Aktienbeteiligung an unserer Handelsgesellschaft.

So, das wäre es dann erstmal für heute von mir. Sprecht das mal mit euren Damen durch und gebt mir beizeiten Antwort."

Jetzt hatte Martin seinen Schwägern etwas zum Überlegen gegeben, aber ohne die Zustimmung von Katherina und Elisabeth sollten sie nichts unternehmen. Darüber würde er schon wachen.

Im Schlafzimmer berichtete Martin seiner Luise, was er mit Wilhelm und Gustav abgesprochen hat. Abschließend sagte er ihr:

„Luise ich habe kein Misstrauen, dass meine Schwäger bei der Geldanlage ihre Frauen übergehen, aber du kennst ja auch das alte Sprichwort *Vertrauen ist gut, doch Kontrolle besser!* Es geht um sehr viel Geld und da sollte man doch zur Vorsicht raten."

Am Morgen des siebenten Novembers traf der Verwalter wie abgesprochen in der Geschäftsstelle in der Heilgeiststraße ein. Die erforderlichen Journale hatte er alle dabei. So verschafften sich Katherina und Martin langsam einen Überblick über sämtliche eigenen und angemieteten Liegenschaften, sowie über Bestände und Außenstände von Waren. Ziemlich schnell war man mit den Immobilien durch. Hierfür lagen die Ankaufswerte sowie Abrechnungen für Instandsetzungen und Erweiterungsbauten vor. Insgesamt belief sich der Wert für die Gutsanlage Ahrensfelde mit dem Gutshaus, Hof- und Stallgebäude, sowie Waldungen, Äckern und Weideland auf rund vierhundertfünfzigtausend Talern. Dazu kamen zwölf Zugpferde, vier Kutschpferde, vier Reitpferde, zwölf Milchkühe, sowie Schweine und Geflügel, dazu alle erforderlichen Kutschen, Wagen, Geschirre und Gerätschaften. Das waren nochmal zwanzigtausend Taler. In Stralsund gab es das Grundstück in der Heilgeiststraße im Wert von dreißigtausend Talern. Außerdem gab es noch zwei eigene Speicher in der Nähe des Hafens und die Windmühle mit Hofanlage an der Landstraße nach Rostock zusammen etwa zwanzigtausend Taler. Das waren also insgesamt fünfhundertzwanzigtausend Taler. In den Speichern lagerten Waren im Wert von sechzigtausend Talern. Die Außenstände an Waren hatten einen Wert von dreißigtausend Talern. Schulden gab es keine, Hypotheken auch nicht. So betrug die gesamte Erbmasse einschließlich des Kontos bei der Bank von Preußen in Höhe von einhundertfünfzigtausend Talern siebenhundertsechzigtausend Taler. Eine unvorstellbare Summe in jenen Jahren. Jede der vier Erbinnen erbte den gleichen Anteil. Man könnte somit jede auch als Goldmarie bezeichnen.

Jetzt hatte man also eine Übersicht über das hinterlassene Vermögen von August Waterstraat geschaffen.

Am achten November fand die Testamentseröffnung beim Anwalt der Familie in Stralsund statt. Für die Witwe und ihre drei Töchter sowie deren Ehegatten gab es keine Überraschungen, denn sie hatten vorab schon Kenntnis vom Inhalt. Augusts Schwester war aber wohl unzufrieden mit dem Anteil von fünftausend Talern. Bei ihrem Alter und mit dem sauertöpfischen preußischen Ehegatten verheiratet, für den August nie etwas übrig gehabt hatte, konnte sie allerdings zufrieden sein, überhaupt etwas zu erben. Immerhin waren damals fünftausend Taler auch schon eine sehr große Summe.

Die Beisetzung Augusts fand am neunten November auf dem Friedhof in Ahrensfelde statt. Die schriftlich eingeladenen Gäste der Trauerfeier waren ausnahmslos erschienen dazu noch Angestellte des Geschäfts- und des Gutsbetriebes. Ein Pastor sprach die einsegnenden Worte und vollzog die Abschiedszeremonie. Martin würdigte den Verstorbenen in einer kurzen Ansprache. Gemeinsam wurde am Grab das *Vater unser* gebetet, dann wurde der Sarg in die Erde gelassen. Die Trauergemeinde zog an der offenen Grube gemessenen Schrittes vorüber und warf Blumen und Erde auf den Sarg. Die Glocke der kleinen Friedhofskapelle bimmelte dazu ihren hellen Klageton. Bald würde August Waterstraat nur noch Geschichte sein und in Vergessenheit geraten. Nur noch der in schwarzem Marmor gehaltene Grabstein würde einige Jahre an ihn erinnern.

Wir wollen es uns ersparen, was im Saal des Gutshauses in Ahrensfelde an Lobreden über den Verstorbenen gehalten wurde. Die meisten der Anwesenden interessierten sich sowieso nur dafür, was August als Erbe für seine Witwe und für seine Töchter hinterlassen hatte. Sie wussten zum Glück nichts über den gewaltigen Reichtum den er während seiner vom Glück gesegneten Schaffensperiode in unermüdlicher Arbeit und Sparsamkeit Taler für Taler angehäuft hatte.

Kapitel X

Alles, was in diesen Tagen nach dem Ableben von August Waterstraat zu regeln war, war nun erledigt. Die aus Malmö Angereisten wollten noch bis zum Dienstag der kommenden Woche in Stralsund bleiben und dann mit dem Postdampfer zurückfahren. Es war also zunächst noch etwas Abwechslung da für die vom Gram gezeichnete Mutter. Elisabeth und Katharina erzählten ihr von ihren Kindern und versuchten, ihr das künftige Leben in Malmö schmackhaft zu machen, doch es war sehr schwierig, der alten Dame über den erst kürzlich erlittenen Verlust ihres Gatten hinweg zu helfen. Sie aß kaum noch etwas und war ständig in Gedanken versunken. Sie dachte auch daran, was wohl sein würde, wenn sie in Schweden lebt, wer sollte sich dann um Augusts Grab kümmern? Doch darüber konnte Martin sie beruhigen. Die Kirchgemeinde in Ahrensfelde hatte die Grabpflege zunächst für zehn Jahre gegen Bezahlung übernommen. Auch der Umzug nach Malmö würde sich noch bis mindestens April oder Mai des nächsten Jahres hinziehen. Wenn sie selbst eines Tages stürbe, könnte sie selbstverständlich nach Ahrensfelde überführt werden und an der Seite ihres Gatten in Ewigkeit ruhen. Damit waren dann ihre größten Bedenken ausgeräumt.
Anzumerken wäre noch, dass August in seinem Testament verfügt hatte, dass Martin Jachtmann als Testamentsvollstrecker eingesetzt ist. Somit hatte Martin Zugriff auf alle Konten und anderen Hinterlassenschaften. Er sprach mit den Erbberechtigten ab, dass zunächst vom Geschäftskonto Augusts am Montag, den zwölften Oktober,

rund siebzigtausend Taler abgehoben und davon je dreißigtausend Taler an Katherina und Elisabeth ausgezahlt würden. Zehntausend Taler würden zunächst als Sicherheit für Unvorhergesehenes in bar verbleiben. Da die beiden so viel Geld natürlich nicht mit sich führen könnten, ließe es sich als Schatzanweisung auf die Schwedische Rijksbank anweisen.

Am Dienstag reisten die schwedischen Familienangehörigen in aller Frühe mit dem Postdampfer ab. Luise und Martin waren zu ihrer Verabschiedung mit zum Hafen gekommen. Mit Tränen in den Augen verabschiedeten sich die Schwestern voneinander. Es würde immerhin schon bis zum Frühjahr des nächsten Jahres dauern, bevor man sich wiedersah.

Kapitel XI

Nach der Abreise der Gäste gab es für Luise und Martin viel zu tun. Luise musste dafür sorgen, dass ihre Mutter wieder in ein normales Leben zurück fand und hatte auch ihre beiden Kinder neben der Geschäftstätigkeit zu versorgen. Martin kümmerte sich in den nächsten Wochen um den Verkauf des

Getreidehandels und um die Vorbereitung des Verkaufes des Gutes Ahrensfelde. Nebenbei zahlte er die Gebühren für die Beisetzungsfeier und für die Grabpflegearbeiten an die Kirchgemeinde Ahrensfelde. Dann fuhr er noch bei Augusts Schwester vorbei und zahlte ihr die fünftausend Taler aus in bar, die August ihr testamentarisch hinterlassen hatte. Er wurde von dem Ehepaar sehr kühl empfangen, ließ sich aber nichts anmerken und verlangte eine Quittung als Empfangsbestätigung. Was sein muss, muss sein! Dachte er nur. Schließlich hatte er ab jetzt nichts mehr mit dem Pärchen zu tun.

Für den Verkauf des Getreidehandels suchte er seinen Gewährsmann in Stralsund auf, der den Verkauf abwickeln sollte. Hierzu legte er die entsprechenden Papiere und Journale vor. Dieses Geschäft umschloss Speicher, Windmühle, Waren in den Speichern und Außenstände sowie Lizenzen und andere Genehmigungen und hatte einen festgestellten Umfang von einhundertzwanzigtausend Talern. Für den Kauf würde der Käufer einen Kredit beantragen und als Grundschuld ins Grundbuch eintragen lassen. Die Gebühren für die Abwicklung des Geschäftes würde der Käufer tragen. Bis zur vollen Abwicklung dieses Geschäftes würde wohl ein viertel Jahr vergehen. Das würde ungefähr mit Martins Terminplan übereinstimmen.

Für den Verkauf des Gutes Ahrensfelde musste noch ein solventer Käufer gefunden werden, der das Gut möglichst als Ganzes so wie es steht und liegt kaufen könnte. Diese Aufgabe würde Martin eventuell einem bekannten Makler übertragen.

Für den Verkauf des Grundstücks in der Stralsunder

Heilgeiststraße suchte er auch schon mal einen Interessenten, der das Objekt nach dem geplanten Umzug kaufen möchte. So war denn jetzt erstmal alles Wichtige angekurbelt und er konnte sich wieder mehr der Familie widmen. Es ging ja auch schon der Adventszeit und damit auch dem Weihnachtsfest entgegen. Am achtzehnten Dezember lief die *Flora* von Malmö kommend in den Stralsunder Hafen ein. Martin löste jetzt sein Versprechen ein, die doppelte Heuer für den Monat Dezember an die Besatzung auszuzahlen. Es war abzusehen, dass der kommende Winter erst verspätet einsetzen würde, sodass man die Galeasse jetzt noch einmal mit einer Ladung Weizen befrachten konnte, um zu Ende Dezember nochmals nach Göteborg zu versegeln. Martin würde dann mit an Bord sein, um noch rechtzeitig seine Bark zu erreichen. Der Auslauftermin der *Flora* wurde für den Morgen des achtundzwanzigsten Dezembers festgelegt. Die Galeasse könnte nach ihrer Rückkehr aus Schweden in die Winterlage gehen, sofern das nötig werden sollte.

Luise wurde in diesen letzten Wochen des Jahres immer missmutiger, da der Termin der langen Reise ihres Ehemanns immer näher rückte. Sie wusste ja, dass es im Winter nicht gerade angenehm für einen Seemann war, die Nordsee und den nördlichen Atlantik zu befahren. Martin musste sie immer wieder damit trösten, dass es nun aber wirklich seine letzte große Reise würde. In Malmö würde man sich in der Zeit seiner Abwesenheit bemühen, ein geeignetes Grundstück zu finden um noch im kommenden Frühjahr den Umzug zu vollziehen. Nach dem Weihnachtsfest, das diesmal in aller Stille gefeiert wurde, packte Martin seine Sachen für die lange

Reise nach Baltimore. Am Morgen des achtundzwanzigsten Dezembers verließ die Galeasse den Stralsunder Hafen, verabschiedet von Luise und den Kindern, die noch lange mit Tränen in den Augen dem Segler hinterher schauten.

Am Abend des dreißigsten Dezembers erreichte die *Flora* den Hafen von Göteborg. Hier im Hafen lag schon die Bark *August Waterstraat* mit voller Ladung zum Auslaufen bereit. Am nächsten Morgen ließ Kapitän Schulze die in Göteborg und in der Umgebung wohnenden Crewmitglieder benachrichtigen, dass man beabsichtige, am Morgen des dritten Januars auszulaufen. Noch am Nachmittag des zweiten Januars war die Besatzung der Bark wieder komplett. Solch ein Schiff verließ man nicht so leicht. Hier erfuhr man an Bord eine menschliche Behandlung und die Heuer war auch nicht zu verachten.

Am grauen Morgen des dritten Januars lief die *August Waterstraat* aus zu ihrer Reise nach Baltimore. Noch war der Winter hier im Nordwesten der schwedischen Küste nicht angekommen, aber das graue Wetter mit Wind und Regenschauern war auch nicht gerade das, was man sich für eine Seereise wünscht. Bis zum Englischen Kanal würde es in der Nordsee ziemlich ungemütlich werden. Nach vier Tagen hatte man den Kanal bei Dover erreicht. Noch immer war graues Wetter, aber allmählich stieg die Temperatur an und bei Westwind mit Stärke fünf nach Beaufort machte die Bark flotte Fahrt. Am Abend des neunten Januars hatte man Lizard point querab und segelte nun mit Südsüdwestkurs auf die Insel Madeira zu, die man nach weiteren sechs Tagen erreichte. Es war jetzt der fünfzehnte Januar. Drei Tage später hatte man den fünfunddreißigsten Grad nördlicher Breite und den dreißigsten

Grad westlicher Länge erreicht und ging jetzt auf Westkurs. Weitere zwei Tage später begann man ab dem fünfzigsten Grad westlicher Länge den Kurs zunächst um einen Strich nördlicher zu richten und ab dem sechzigsten Grad westlicher Länge ging man direkt auf Nordwestkurs. Vier Tage später stand die Bark am Eingang zu der Chesapeake Bay und nahm den Lotsen für Baltimore an Bord.

Am Morgen des fünfundzwanzigsten Januars lief die *August Waterstraat* in den Hafen Baltimore ein. Martin Jachtmann hatte es gerade noch rechtzeitig geschafft, vor dem geplanten Übergabetermin seines Vollschiffes in Baltimore zu sein.

Nach der Einklarierung seiner Bark durch die Behörden begab sich der Supercargo gemeinsam mit Kapitän Schulze zur Werft von Charles Elliot. Schon aus einiger Entfernung sahen die beiden Herren den hohen Rumpf und die Masten des Fullriggers am Ausrüstungskai der Werft. Wie man beim Näherkommen bemerkte, war offensichtlich alles zur Übergabe des Schiffes an den Auftraggeber bereit. Trotzdem waren noch einige Handwerker zu sehen, die mit kleineren Arbeiten am Rigg und an Deck beschäftigt waren. Es waren nur noch einige beanstandete Sachen zu erledigen. Inzwischen muss es sich wie ein Lauffeuer unter den Arbeitern auf der Werft herumgesprochen haben, dass der Auftraggeber dieses schönen und modernen Großseglers auf der Werft eingetroffen sei. Jedenfalls erschienen Charles Elliot und Kapitän Berglumd kurze Zeit später vor dem Office und begrüßten die beiden Ankömmlinge. Der Werfteigner lud zur Durchsicht der zu übergebenden Unterlagen für die Inbetriebnahme des Schiffes ein und Kapitän Berglund hatte alle anderen Papiere wie die Mannschaftsrolle, den Seepass, die Gesundheitspässe für die Crew und so weiter dabei. Das Schiff war voll ausgerüstet und

die Behörden bestätigten durch ihre Dokumente die volle Seetauglichkeit. Aufmerksam studierte Martin Jachtmann alle vorgelegten Dokumente und Pläne. Zum Abschluss legte Charles Elliot dann seine Schlussrechnung vor, die sich auf einen Betrag von dreiundsechzigtausend Dollar belief. Da zwischenzeitlich bereits Abschlagszahlungen in Höhe von fünfundfünfzigtausend Dollar bezahlt waren, belief sich also der zu zahlende Restbetrag auf achttausend Dollar, Der Supercargo versprach, diesen Betrag sofort nach der Abnahme bei der Übergabe des Abnahmedokumentes in Form einer Schatzanweisung auszuzahlen.

Im Anschluss an die Besprechung im Office des Werfteigners wurde das zur Ablieferung fertige Schiff besichtigt. Es lag mit seiner Steuerbordseite am Ausrüstungskai. Die Abnahmekommission, bestehend aus Martin Jachtmann, Charles Elliot, den Kapitänen Berglund und Schulze und dem Vorarbeiter der Werft begann mit der Besichtigung und sah sich zunächst die sichtbaren Bordwände vom Bug bis zum Heck an. Hoch ragte der Rumpf aus dem Wasser, obwohl in seinem Kielraum schon Stahlblöcke als ständiger Ballast eingebracht waren. Es gab nichts zu beanstanden. Die Ahmings am Bug und am Heck waren korrekt zwischen den Loten angebracht und wiesen den Tiefgang des Schiffes in Fuß aus. Der Tiefgang betrug, wie bei der Konstruktion ausgerechnet, vorne siebenkommavier und achtern siebenkommaacht Fuß für das leere Schiff. Über das Fallreep stiegen die Mitglieder der Kommission an Deck. Hier besah man sich zunächst die Beplankung, die Lukensülle, die Einfassungen der Masten und aller Aufbauten. Dann bestieg man über Treppen mit Geländer die Back, besah den Klüver und den Klüverbaum mit seiner Takelage und dem Schutznetz und das beidseitige Ankergeschirr mit den eisernen Ankern, dem Gangspill und den Ankerketten. Das Spill stellte in dieser Zeit die modernste Ausführung für einen Großsegler dar. Die Kettenstopper bestanden aus geschmiedetem Eisen und konnten mit Handkurbeln angezogen sowie gelöst werden. An Deck befanden sich mehrere Poller aus Eisen, die zusätzlich mit Ringen versehen waren, an denen sich Stropps zum Abfangen der Ketten befanden. Die beiden schweren Anker befanden sich gesichert in ihren Bettungen.

Nach dem Aufenthalt auf der Back besah man sich die Lasten unter dem Backdeck. Hier befand sich die Bootsmannslast, die Zimmermannslast, die Segel- und die Blocklast, sowie die Last für die Laternen. Alle Lasten waren mit den entsprechenden Geräten und Materialien ausgerüstet und in ordentlichem Zustand.

Von hier aus schritt man weiter zum Fockmast und dem dahinterliegenden Roof. Wie vom Auftraggeber gefordert, war das Roof im Deck eingelassen. Man erreichte es durch einen Niedergang von achtern. Es war geräumig, hatte ein Oberlicht und beidseitig verschließbare Bullaugen. Die Kojen waren fest eingebaut und konnten mit Vorhängen geschlossen werden. Stauraum für die Seekisten und Seesäcke war ausreichend vorhanden. In der Mitte des Raumes befand sich eine große Back, an der alle Crewmitglieder zu gleicher Zeit Platz nehmen konnten. Verließ man das Roof über den Niedergang, gelangte man in den schmalen Gang zwischen der vorderen Ladeluke und dem Roof. Die Laderäume waren leer und sauber und hier ersparte sich die Kommission eine erneute Besichtigung. Während des ganzen Aufenthaltes auf dem Hauptdeck warf man immer wieder Blicke in das Rigg. Aber auch hier gab es nichts zu beanstanden. Alles war nach den Vorgaben des Auftraggebers erledigt. Die Masten trugen zusätzliche Rahen für die geteilten Mars- und Bramsegel.

Auf der achteren Ladeluke lagen zwei schwere Beiboote und ein leichtes Ruderboot in ihren mit Tauen an Deck befestigten Bettungen.

Von hier aus gelangte die Kommission über Treppenaufgänge auf das Poopdeck. Auf dem Poopdeck gab es nicht viel zu sehen. Das ganze Deck war nach den Bordseiten und zum Heck mit einem Schanzkleid versehen, in dem Öffnungen zum Befestigen der Festmacherleinen bei den Pollern freigelassen waren. Das Schanzkleid hatte als oberen Abschluss einen Schandeckel aus poliertem und lackiertem Tropenholz. In der Mitte des Poopdecks befand sich ein großes verschließbares Oberlicht, das den darunterliegenden Salon belichten und belüften konnte. Abnehmbare Drahtgitter schützten die Gläser des Oberlichtes vor Schlagschäden. Auf beiden Seiten des Poopdecks befanden sich verschließbare Niedergänge zu den darunter befindlichen Räumen. Natürlich befand sich auf dem Poopdeck auch der Ruderstand und davor das Kompasshäuschen mit dem beleuchtbaren Magnetkompass in seiner kardanischen Aufhängung. Das große Steuerrad war an der Achse, die aus dem Windenhäuschen herausragte, befestigt und konnte bei schwerem Wetter von zwei Männern bedient werden, die zum Schutz vor dem Ausrutschen auf einer großen Gräting aus hartem Tropenholz stehen konnten. Ansonsten befanden sich auf dem Poopdeck mehrere Lüfterrohre und das Ofenrohr für den Küchenherd. Dann gab es natürlich noch den Kreuzmast mit seinen Betingen und Nagelbänken. Auch auf diesem Deck war alles sauber gearbeitet und es gab also auch keine Beanstandungen. Die Werftarbeiter hatten inzwischen alle Beanstandungen beseitigt und das Schiff verlassen. Die Abnahmekommission widmete ihre Aufmerksamkeit nun den Räumen in der Poop. Die Räumlichkeiten im Heck waren dem Kapitän vorbehalten. Der Salon des Kapitäns nahm den größten Teil der Räumlichkeiten ein, zu denen noch ein Schlafraum mit eingebauter Koje, sowie ein kleiner Raum für hygienische Zwecke gehörte. Es versteht sich wohl von selbst, dass diese Räume zweckentsprechend und mit einigen luxuriösen Einbauten versehen waren. Der Eingang in diese Räumlichkeiten befand sich gleich am Niedergang auf der Steuerbordseite. Dahinter befand sich die Kammer des Ersten Steuermannes und dahinter zwei Kammern für Passagiere. Auf der linken Seite dieses Ganges befand sich ein Vorratsraum für Lebensmittel und dann folgte der Zugang für den Salon von dieser Schiffsseite. Davor lag dann die Küche, die sowohl von diesem Gang als auch von dem Gang auf der Backbordseite betreten werden konnte. Der Zugang zum Hauptdeck war von beiden Gängen der Poop aus möglich. Im Gang auf der Backborseite der Poop befand sich auf der linken Seite der Kartenraum, in dem alle Seekarten und die nautischen Instrumente aufbewahrt wurden. Auf einer Back in der Mitte des Raumes konnte man die Karten aufrollen und bearbeiten. Auch hier waren bereits die wichtigsten Karten verstaut und einige nautische Instrumente vorhanden. In diesem Gang befanden sich weiterhin auf der linken Seite zwei Doppelkammern für Passagiere und auf der Innenseite die Zugänge zu einem Vorratsraum, zur Küche und der Zugang zum Salon von der Backbordseite. In der Küche hielt man sich etwas länger auf und diskutierte die Zweckmäßigkeit der Ausstattung. Kapitän Berglund versicherte, dass die Ausstattung entsprechend der Ausrüstungsliste vollzählig sei.

Für die Versorgung mit Trinkwasser befand sich ein beschichteter eiserner Behälter mit einem Fassungsvermögen von fünftausend Litern im Achterschiff unter der Poop.

Nun hatte die Kommission alles inspiziert und war mit der Ausführung der Arbeiten und mit der Ausstattung des Schiffes sehr zufrieden. Mister Elliot lud jetzt zur Unterzeichnung des Abnahmeprotokolls in sein Office ein. Unterwegs dahin fragte der Supercargo den Kapitän Berglund, wie er es geschafft hatte, eine vollständige Mannschaft in so kurzer Zeit hier im Ausland zu beschaffen. Kapitän Schulze antwortete:

„List und Tücke brauchte ich nicht anzuwenden. Zurzeit herrscht hier größtenteils Ruhe im Land, wobei sich das natürlich auch schnell ändern könnte, wenn irgendwo ein Goldfieber ausbricht, das dann alle Menschen irre macht. Es gibt hier viele schwedische und dänische Seeleute, die mal vor einiger Zeit von ihren Schiffen abgehauen sind, oder sie haben die Abfahrt ihrer Schiffe verpasst und die sind nun natürlich froh, wenn sie wieder auf einen ordentlichen Pott kommen, zumal auf einen Großsegler, der sie auch mal wieder nachhause bringen kann. Einige Leute hatte ich also über Heuerbüros erwischt und andere kamen durch Hörensagen. Jedenfalls haben wir eine vollständige Mannschaft, die noch heute Abend vollzählig an Bord sein wird."

Im Office wurde dann von Charles Elliot und Martin Jachtmann das Übergabe-/Übernahmeprotokoll unterzeichnet. Im Anschluss daran übergab der Supercargo eine Schatzanweisung auf die Zahlung der Restsumme.

Am morgigen Sonntag, den siebenundzwanzigsten Januar, sollte auf dem Werftgelände die Übergabe des Schiffes in einer Öffentlichen Feier vollzogen werden. Die Werft hatte hierfür einen Eventservice beauftragt.

Nach einem kleinen Umtrunk ging man dann auseinander, denn es wurde draußen schon dunkel. Martin Jachtmann begab sich mit Kapitän Schulze zur Bark *August Waterstraat.* Diese Nacht wollte er noch auf seiner Bark verbringen.

Am nächsten Morgen, gleich nach dem Frühstück, machte er sich noch einige Gedanken zu einer kurzen Rede, die er sicher noch bei der Übergabefeier des Vollschiffes halten müsste.

Dann begab er sich mit Kapitän Schulze und seinem Ersten Steuermann auf das Werftgelände, das nun festlich geschmückt war und sich langsam mit immer mehr Menschen füllte. Vor der Gangway des neuen Schiffes war eine kleine Tribüne errichtet, die mit den Farben der USA und des Königreiches Schweden geschmückt war. Am Heck des Vollschiffes wehte noch die Flagge der USA. Zwei Matrosen standen hier bereit, den späteren Flaggenwechsel zu vollziehen. Vor dem Vollschiff lag ein Raddampfer bereit, der das neue Schiff im Anschluss an die Übergabefeier zu einem Liegeplatz im Hafen schleppen sollte. Die Schleppleine war bereits an Bord der *Göta älv.* Kurz vor zehn Uhr marschierte dann eine Kapelle der örtlichen Polizei auf das Werftgelände und erfreute mit flotter Marschmusik die Anwesenden. Kurz vor zehn Uhr traf Charles Elliot vor der Tribüne ein und begrüßte den Supercargo und seine Begleiter, zu denen sich inzwischen auch Kapitän Berglund und sein Erster Offizier gesellte. Charles Elliot und Martin Jachtmann erstiegen nun die Tribüne und es kehrte langsam Ruhe auf dem Gelände ein. Dann hielt der Werfteigner eine kurze Ansprache:

„ Meine lieben Landsleute, liebe Gäste aus Schweden und Deutschland! Wir feiern heute die Übergabe eines neuen Fullriggers, den wir für einen deutschen Auftraggeber gebaut haben. Dieses neue Schiff wird künftig unter schwedischer Flagge in Charter die Weltmeere befahren und in den Häfen, die es anläuft, von unserer Qualitätsarbeit zeugen. Noch zu Anfang Oktober des vergangenen Jahres sah es so aus, als ob es noch sehr lange dauern würde, bis wir dieses Schiff fertigbauen könnten. Durch die Insolvenz eines Auftraggebers aus unserer Stadt waren wir in eine schwierige Lage gekommen. Trotzdem habe ich an diesem Schiff mit eigenem Geld weiterarbeiten lassen, um keine Leute auf die Straße zu werfen. In dieser schwierigen Lage kam uns das Angebot von Mister Jachtmann sehr entgegen, der ein möglichst neues Schiff von dieser Größe suchte und möglichst auch noch seine eigenen Wünsche , was den Bau und die Ausrüstung betraf, mit verwirklicht sehen wollte. Das Ergebnis von Wunsch und Wirklichkeit sehen wir nun vor uns. Es ist ein moderner Fullrigger geworden, der auch für unsere einheimischen

Verhältnisse neue Maßstäbe setzen wird. Mit diesen Worten möchte ich meine Rede beenden. Ich wünsche dem Schiff allzeit gute Fahrt, guten Wind und möglichst immer mindestens eine Handbreit Wasser unter dem Kiel!"

Nach dieser Rede hielt auch der Supercargo eine kurze Ansprache:

„ Zunächst möchte ich den Arbeitern dieser Werft danken, dass sie diesen stolzen Segler, den sie ganz nach meinen Vorstellungen fertiggestellt haben, am heutigen Tag in meine Verantwortung übergeben. Ich war mir von Beginn an sicher, dass mir diese Werft an der Ostküste der USA ein Qualitätsprodukt liefern würde, denn ich war vom Können der Leute überzeugt, die hier schnelle Segler mit großer Tragkraft erbauen. Davon hatte ich mich schon vor einigen Jahren überzeugen können. In einigen Tagen kann dieser Fullrigger nun zeigen, was in ihm steckt, denn dann beginnt unsere erste große Reise mit voller Ladung Baumwolle und Tabak nach Kopenhagen. Der Atlantische Ozean wird die erste große Herausforderung für die *Göta älv* sein. Ich bin davon überzeugt, dass sie diese Herausforderung mit Bravour meistern wird. In diesem Sinne wünsche ich Ihnen alles Gute und für heute gute Unterhaltung. Ich danke Ihnen für ihre Aufmerksamkeit!"

Nun trat noch einmal Charles Elliot ans Rednerpult und machte darauf aufmerksam, dass während des Flaggenwechsels die Nationalhymnen der USA und des Königreiches Schweden von der Polizeikapelle Baltimore abgespielt werden. Danach würde das weitere Festprogramm beginnen.

Nach dem Flaggenwechsel ließ auch der Raddampfer seine laute Dampfpfeife ertönen und spannte sich vor den Bug des neuen Großseglers. Unter dem Jubel der Massen verließ der Schleppzug die Werft und steuerte dem Handelshafen entgegen.

In einem Seglerhafen des 19. Jahrhunderts
(nach einer Ansichtskarte)

Kapitel XII

Am Morgen des achtundzwanzigsten Januars, es war der Montag nach der Übergabe des Vollschiffes an den Reeder, meldete sich der vom Makler in New York empfohlene, für Baltimore zuständige Vertreter beim Kapitän der *Göta älv.* Kapitän Berglund ließ daraufhin den derzeitig noch auf der Bark *August Waterstraat* weilenden Supercargo eilends benachrichtigen. Martin Jachtmann begab sich sofort an Bord seines neuen Schiffes und empfing dort den Makler, der ihm berichtete, dass ausreichend Ware für eine volle Ladung nach Europa für sein Schiff bereit stehe. Die Ware könne man sofort besichtigen und bei Zustimmung zum Kauf noch heute mit der Befrachtung des Schiffes beginnen. Der Weg zum Speicher wäre von diesem Liegeplatz nicht weit. Kapitän und Supercargo begaben sich also sofort mit dem Makler auf den Weg. Der Speicher befand sich tatsächlich nicht weit entfernt an der Uferstraße des Hafens. Die Schlupftür des großen

zweiflügligen Tores war geöffnet. Der Verwalter war anwesend
und zeigte den Eintretenden die zum Verschiffen vorgesehene Ware, die aus gepressten Tabaks- und Baumwollballen bestand. Anhand einer Liste wurden die entsprechenden Nummerncodes verglichen und aus einigen Ballen entnahm der Verwalter kleine Stichproben. Im Office des Verwalters wurde dann nochmals die Liste durchgesehen, die endgültige Menge für den Verkauf festgelegt und der Gesamtpreis festgesetzt. Die Bezahlung der Ware und das Ausfertigen des Kaufvertrages sollten anschließend im Office des Maklers erfolgen. Noch am gleichen Vormittag war der Kauf der Ware abgeschlossen und am Nachmittag rückten die Arbeitskolonnen an, um mit der Beladung des Schiffes zu beginnen. Der Supercargo hatte den Makler zuvor noch in Kenntnis gesetzt, dass auf der *Göta älv* für die Jungfernreise drei Einzelkammern und eine Doppelkammer für mitreisende Passagiere zur Verfügung ständen. Das Reiseziel wäre der Hafen von Kopenhagen. Der Makler könne das gegen eine Provision publik machen. Eine Doppelkammer hatte der Supercargo für sich vorbehalten.
Wieder an Bord seiner Bark zurück, bat der Supercargo den Kapitän um zwei Leute, die sein Gepäck zur Göta älv schaffen sollten. Danach verabschiedete er sich von Kapitän Schulze und begab sich auf den Weg zum Fullrigger. Dort meldete er sich beim Kapitän Berglund an Bord und bezog eine der Doppelkammern für die Reise nach Kopenhagen. Die nächsten Tage in Baltimore waren ausgefüllt mit Terminen bei der Handelskammer, bei Banken und Vereinen und mit

privaten Besuchen beim Makler, bei Charles Elliot und bei deutschen Einwanderern. Inzwischen meldeten sich mehrere dänische Kaufleute und Handelsvertreter, die als zahlende Passagiere die Reise nach Kopenhagen mitmachen wollten. Der Termin der Abreise war für den frühen Morgen des neunten Februars vorgesehen. Am Abend des siebenten Februars gab der Supercargo noch ein festliches Essen in dem Salon auf der Bark *August Waterstraat.* Am Abend vor der Abreise verabschiedete man sich von der Mannschaft der Bark. Inzwischen waren auch die Passagiere vollzählig auf dem Fullrigger eingetroffen. Das Schiff war seeklar und lag bis an seine Lademarke beladen gut im Trimm. Der Lotse kam kurz vor dem Einsetzen des Ebbstroms an Bord. Die an den Rahen und Spieren angeschlagenen Segel wurden gelöst und nach dem Loswerfen der Festmacherleinen setzte sich der große Segler langsam in Bewegung. Am Abend des gleichen Tages ging der Lotse kurz nach dem Passieren der Ausfahrt aus der Chesapeake Bay von Bord. Jetzt lag die Weite des Nordatlantiks vor der *Göta älv* und sie musste nun zeigen, was in ihr steckt.

Im Winter wird der Nordatlantik vorherrschend von westlichen bis südwestlichen Winden beherrscht. Davon war hier in der Nähe der Küste noch nicht viel zu spüren. Erst am nächsten Morgen frischte der Wind auf und kam nun stetig aus Südwest. So steuerte man mit Vorwindkurs die nächsten sechs Tage bis nach etwa fünfundvierzig Grad westlicher Länge und vierzig Grad nördlicher Breite. Von diesem Punkt an folgte der Kurs einem Flachen Bogen in ostnordöstlicher Richtung auf den Eingang des Englischen Kanals zu, den man nach weiteren zehn Tagen erreichte. So lag Lizard point nach siebzehn Tagen querab an Backbord. Langweilig war die Reise bis hierher nicht. Passagiere und Schiffoffiziere einschließlich Kapitän und Supercargo trafen sich zu den Mahlzeiten. Der Schiffsort wurde auf einem so genannten Übersegler angezeigt und so konnten auch die Passagiere erkennen, welche Strecke der Segler bereits zurückgelegt hatte. Der Übersegler ist sozusagen eine Seekarte, die den ganzen Nordatlantik auf der Seekarte abbildet. Die Passagiere konnten sich frei auf dem Schiff bewegen. Während der Mahlzeiten erzählten sie von ihren Überfahrten mit den Familien von Europa nach Amerika. Fast alle waren vor etwa zehn Jahren in New York angekommen und hatten ihr Geschäft mit den wenigen finanziellen Mitteln, die man danach noch besaß, langsam aber zielsicher in der neuen Heimat aufgebaut. Schließlich sei man wieder zu einigem Wohlstand gekommen und wolle jetzt neue Verbindungen zur alten Heimat anknüpfen. Die Reise mit diesem Schiff sei doch ganz etwas anderes als die Hinreise damals zum Ende der zwanziger Jahre. Da mussten die Familien zusammengepfercht im Zwischendeck der Handelsschiffe kampieren. Dagegen wäre die Reise mit diesem Segler der reinste Luxus.

Ab der Einfahrt in den Englischen Kanal wurde es interessanter für die Passagiere aber stressiger für den Kapitän und für die Schiffsoffiziere. Die häufig notwendig werdenden Kursänderungen und die im Zusammenhang damit stehenden Segelmanöver verlangten auch der Mannschaft einiges ab. Am Abend des achtundzwanzigsten Februars erreichte der Fullrigger die Höhe von Dover und nahm nun den Kampf mit den wechselhaften starken Winden, die um diese Zeit häufig in der Nordsee wehen, auf. Aber dieses war kein so genannter Klütenever, sondern ein Schiff, das auch mit Sturm und schwerer See fertig werden konnte. Nach dreitägiger Fahrt von Dover bis zur Nordspitze von Jütland hatte man nur noch einen Reisetag bis nach Kopenhagen vor sich. Die Passagiere wurden jetzt sehr unruhig und fingen schon an, ihre Sachen zu packen. Auch der Supercargo ließ sich von dieser Unruhe erfassen und überlegte, was er als Nächstes in Kopenhagen erledigen müsste. Die nächste Reiseorder hatte er Kapitän Berglund jedoch schon erteilt. Sie lautete: In Ballast nach Göteborg und von dort mit Weizen nach Baltimore.

Am vierten März lag man abends vor Kopenhagen auf Reede und am nächsten Morgen schleppte ein Raddampfer den großen Segler in den Handelshafen von Kopenhagen.

Noch am gleichen Tag verabschiedete sich der Supercargo von der gesamten Mannschaft und wünschte allen weiterhin gute Fahrt und immer guten Wind! Mit der Fähre ließ er sich nach Malmö übersetzen. Dort übergab er sein Gepäck einem Dienstmann, der es zunächst zum Büro der Malmö-Handelsgesellschaft schaffte. Noch war die letzte große Reise für Martin Jachtmann nicht vorbei, denn sein Zuhause war ja zurzeit in Stralsund. Hier in Malmö wollte er sich jedoch von den Strapazen der langen Seereise für mindestens einen Tag ausruhen. Im Büro der Handelsgesellschaft traf er seinen Schwager Gustav an, der ihn herzlich begrüßte.

„Hallo Martin, schön dass du wieder da bist! Wilhelm und ich hatten uns gerade gestern darüber unterhalten, dass du eigentlich nun bald mit dem neuen Vollschiff zurück sein müsstest. Wir haben hier nämlich nachgeforscht, wo wir ein geeignetes Grundstück für dich finden könnten und haben zwei gefunden, die in die nähere Auswahl kämen. Beide Grundstücke sind zurzeit noch bewohnt. Die Eigentümer sind schon älter und möchten möglichst noch in diesem Frühjahr zu ihren Angehörigen nach Halmstad beziehungsweise Uddevalla umziehen. Wenn du möchtest, kannst du dir morgen am Vormittag alles ansehen."

„Gut Gustav, ich will ja eigentlich so schnell wie möglich nachhause, aber die Grundstücke sehe ich mir doch noch im Schnelldurchgang an. Eine Kaufentscheidung wird aber erst gefällt, wenn auch Luise damit einverstanden ist. Übrigens ist das neue Schiff heute Morgen in Kopenhagen eingelaufen und wird dort wohl zehn Tage bleiben, bis die Fracht verkauft und entladen ist. Anschließend habe ich es nach Göteborg beordert, um dort Weizen für Baltimore zu übernehmen. Übrigens biete ich unserer Gesellschaft an, die *Göta älv* – so heißt das Schiff, in Charter zu übernehmen. Darüber sollte der Aufsichtsrat bald entscheiden.

Für heute habe ich vor, mich bei Wilhelm einzuquartieren. Mein Gepäck hat der Dienstmann doch von der Fähre hierher gebracht?"

„Ja, dein Gepäck steht hier bei mir. Wilhelm wird jetzt wohl nicht zuhause sein, aber Katherina ist bestimmt da. Sehen wir uns heute Abend? Elisabeth und auch meine Eltern würden sich bestimmt auch über einen Besuch freuen. Übrigens wollte ich dir noch sagen, dass deine *Flora* vor ein paar Stunden mit Brotgetreide für unsere Mühle aus Stralsund eingetroffen ist. Offensichtlich ist die Winterlage bei euch in

Stralsund auch schon zu Ende. Ich schätze, dass dein Schiff am Freitag gegen Abend wieder auslaufen kann. Da könntest du doch mitreisen, wenn du hier für Malmö ein wenig Zeit abknapsen kannst."

„Gut Gustav, ich stimme das Wo-Wann-Wie mit Katherina und Willi ab. Das Gepäck lass ich dann später abholen Das Angebot mit meiner *Flora* passt mir jetzt eigentlich ganz gut in den Kram, obwohl es mich mächtig nachhause zieht. Ich denke immer daran, dass Luise momentan einen Haufen Arbeit alleine erledigen muss und habe irgendwie ein schlechtes Gewissen dabei. Also ich mach mich dann mal auf den Weg zu den Freeses. Bis dann!"

Am Haus der Freeses angekommen öffnete ihm nach Betätigen des Türklopfers Frau Jönsson. Sie begrüßte ihn sehr herzlich und war ganz erstaunt ihn wiederzusehen.

„Ach, Herr Jachtmann, da bin ich aber sehr froh, Sie gesund und munter wiederzusehen. Zunächst möchte ich Ihnen mein Beileid zum Ableben Ihres Schwiegervaters aussprechen. Ich wusste ja schon aus den Gesprächen, die hier im Haus geführt wurden, dass Sie sich inzwischen auf eine weite Reise nach Amerika begeben hatten, aber solche Reisen können eben auch gefährlich sein. Umso mehr wird sich jetzt Ihre Schwägerin freuen, dass Sie heil und gesund zunächst hier in Malmö bei uns gelandet sind. Ich werde sie sogleich benachrichtigen. Ihren Hut und Ihren Mantel können Sie mir bitte überlassen und dann im Wohnzimmer Platz nehmen."

Kurze Zeit später erschien Katherina, die offensichtlich eine Arbeit unterbrochen hatte, ganz aufgekratzt im Wohnzimmer und begrüßte ihren Schwager.

„Hallo Martin, endlich sieht man dich mal wieder. Hoffentlich hast du diesmal etwas mehr Zeit mitgebracht, denn es gibt ja einiges zu berichten und anzusehen. Wie war denn deine Reise nach Amerika? War alles so, wie du es dir vorgestellt hast? Ich denke mal, dass Willi inzwischen auch schon mitbekommen hat, dass du eingetroffen bist. Solche Nachrichten verbreiten sich hier sehr schnell, obwohl die Stadt doch erheblich größer ist als Stralsund."

„Du siehst ja Kathi, dass es mir gut geht, obwohl auf See nicht immer alles so schön ist, wie manch einer sich vorstellen mag. Aber man sagt ja auch, dass Unkraut nicht so schnell vergeht. Jedenfalls war ich ja in der Hauptsache wegen des neuen Schiffes nach Baltimore unterwegs und das war dann ja auch ein voller Erfolg. Ich bin damit heute Morgen in Kopenhagen angekommen. Die Reise von Baltimore hat somit dreiundzwanzig Tage bis zur Reede von Kopenhagen gedauert. Das ist eine sehr beachtliche Leistung und ich bin vollauf zufrieden damit. Übrigens war ich schon in unserem Büro und habe Gustav unterrichtet, dass ich mich während meines Aufenthaltes hier bei euch einquartieren möchte. Wir können ja heute Abend im größeren Kreis bei den Bengtsons über alles sprechen. Im Moment bin ich noch etwas angeschlagen von der Reise. Mein Gepäck müsste eigentlich auch bald hier sein, ich hatte es nach meiner Ankunft mit der Fähre im Büro abgestellt."

Inzwischen hatte Frau Jörnsson starken Kaffee aufgegossen und deckte die Kaffeetafel ein. Fast fühlte sich Martin in diesem Moment schon wie zuhause. Aber es lag immerhin noch ein langer Weg vor ihm bis dahin.

Wie von Katherina vorausgesagt, traf kurze Zeit später Wilhelm ein und zugleich auch der Dienstmann mit Martins Gepäck.

Bis zum Abendessen sprach man nun darüber, was jetzt in Stralsund als Nächstes zu tun wäre im Hinblick auf die Erbschaft. Hierzu sagte Martin:

„Ich habe ja schon vor dieser Reise ein erstes Gespräch über den Verkauf des Getreidehandels mit einem Interessenten geführt, der das Geschäft übernehmen will. Jetzt muss ich nur noch einen Notar beauftragen, der uns einen ordentlichen Vertrag aufsetzt, worin alle Fristen und alle Immobilien und Waren erfasst sind. Den Gesamtwert haben wir ja schon vor der Testamentsverlesung erfasst. Auch der Wert für den Getreidehandel steht ja fest. Er liegt bei neunzigtausend Talern für die Waren und dreißigtausend Talern für die Mühle und die beiden Speicher. Insgesamt also bei einhundertzwanzigtausend Talern. Viel ändern werden wir daran wohl nicht. Schließlich lassen wir uns so leicht nicht übers Ohr hauen. Ich denke, dass wir mit der Anbahnung und Abwicklung des Geschäftes unseren bisherigen Notar beauftragen, der kennt unsere ganzen geschäftlichen Tätigkeiten und vom Testament her kennt er auch den ganzen Wert der Angelegenheit. Beim Abschluss des Kaufvertrages müssten dann alle Erben wahrscheinlich anwesend sein, oder eine bevollmächtigte Person dafür beauftragen. Einen Makler wollte ich nicht mit dem Verkauf des Getreidehandels beauftragen, der kostet uns nur unnötig viel Geld und braucht dafür nicht allzu viel zu tun. Im Moment bedauere ich meine Luise, die zuhause alles alleine abwickeln muss. Ich kann mir schon vorstellen, dass eine Menge Leute bei uns vorsprechen, die sich an der Veräußerung der Immobilien und sonstigen Werte eine goldene Nase verdienen wollen. Es wird also höchste Zeit, dass ich mich da einschalte.

Übrigens, hat schon jemand auf meiner *Flora* Bescheid gegeben, dass ich am Freitag mit nach Stralsund will? Ich möchte, dass Karl Kröger rechtzeitig Bescheid weiß."

„ Martin, es ist bestimmt nicht leicht für euch in Stralsund. Gib uns doch bitte Bescheid, ob und wann du Unterstützung brauchst. Ich mache mich dann möglichst kurzfristig auf die Socken, um dir zu helfen. Erstmal werden wir morgen die beiden Grundstücke besuchen, die wir hier für euch ausgesucht haben."

„Ja, das ist natürlich sehr wichtig. Sollte meine *Flora* schon am Freitagabend auslaufen, könnten wir vielleicht noch am Vormittag nach Kopenhagen rüberfahren, damit ich euch den neuen Fullrigger zeigen kann. Ach ja, für die Abwicklung des Gutes Ahrensfelde habe ich mir gedacht, dass wir das Gut nur im Ganzen verkaufen. Eine Versteigerung der einzelnen Teilstücke wäre wohl zu aufwendig. Darüber sollten wir uns heute Abend im größeren Kreis nochmals unterhalten. Was macht übrigens euer Nachwuchs? Ist er gesund und munter? Ich möchte ihn gerne mal sehen."

„Ja, Martin, unser Kleiner ist zum Glück gesund durch seinen ersten Winter gekommen. Du kannst ihn gerne mal sehen. Wir gehen mal kurz rauf ins Kinderzimmer."

Martin nahm den Kleinen einen Moment auf den Arm und schmuste mit ihm. Danach sagte er:

„Zu diesem prächtigen Kerlchen kann man euch wirklich

beglückwünschen. Ich hoffe, dass er mal so wird wie wir!" Damit zeigte er mit dem Finger auf Wilhelm und auf sich. Nach dem Abendessen begab man sich zum Haus von Gustav und Elisabeth. Auch Eva und Oscar Bengtson waren hier inzwischen eingetroffen. Nach dem Austausch der üblichen Höflichkeiten kam man dann auf den Fortgang der Erbschaftsangelegenheit zu sprechen. Hier erklärte Martin nochmals, dass der Verkauf des Getreidehandels in Stralsund in Kürze bevorstünde und dann mit einem Erlös von eventuell einhundertzwanzigtausend Talern für die Erbberechtigten gerechnet werden könnte. Der Verkauf könne wahrscheinlich bis Ende Mai abgeschlossen sein. Für den Verkauf des Gutes Ahrensfelde müsste ein längerer Zeitraum eingeplant werden, da erst eine ordentliche Offerte in verschiedenen Tageszeitungen veröffentlicht werden muss. Zwar gäbe es genügend Interessenten, aber die sind momentan nicht solvent. Das Gut sei eben nur wertvoll, wenn es als Ganzes betrachtet werden kann. Der Wert liegt hier bei vierhundertsiebzigtausend Talern. So viel Geld hat natürlich kaum jemand zur freien Verfügung und die Banken wären bei der Auswahl ihrer Klienten sehr vorsichtig. Bis zum Verkauf steht das Gut ohne Schulden da und wirft obendrein noch guten Gewinn ab durch den Verkauf seiner Erzeugnisse. Im Falle des Verkaufes des Gutes müsse man also längerfristig denken, wahrscheinlich bis zum Ende des laufenden Jahres. Auch das Grundstück in der Heilgeiststraße in Stralsund gehört natürlich zur Erbmasse. Es hat einen Zeitwert von dreißigtausend Talern und wird nach unseren Umzug hierher nach Malmö verkauft. Der Verkauf könnte bis zum Sommer dieses Jahres abgewickelt werden. Die Einzelheiten dazu können wir noch absprechen, denn es geht ja auch noch um das Mobiliar, denn Lieblingsstücke möchten die Damen ja vielleicht doch noch davon haben."

Dann kam Martin auf den neuen Großsegler zu sprechen:

„ Ich hatte euch ja schon in Stralsund erklärt, dass ich vorhatte an der Ostküste der Vereinigten Staaten einen möglichst neuen Großsegler zu kaufen, oder erbauen zu lassen und dass ihr euch dann zu je etwa einem Drittel aus dem Erbanteil eurer Ehefrauen daran beteiligen könntet. Wie sich nach der Schlussrechnung ergab, lagen die Gesamtkosten bei einer Summe von dreiundsechzigtausend Dollar. Dazu kamen noch etwa zweitausend Dollar für Honorare, neueste Seekarten und Handbücher, neueste nautische Geräte, Zulassungen und sonstige Gebühren. Für das beilfertige Schiff hatte ich schon einen Betrag von fünfunddreißigtausend Talern an die Werft entrichtet. Das sollte mein Anteil an dem fertigen Fullrigger sein. Für Willi und Gustav bleiben also noch je fünfzehntausend Taler als ihren Anteil offen. Wir können uns morgen am Vormittag das Schiff in Kopenhagen ansehen. Wenn ihr euch also beteiligen möchtet, bekommt ihr natürlich auch schon Anteile aus dem Erlös der ersten Fracht. Soweit meine Ausführungen zu dem, was in Kürze ansteht. Jetzt könnt ihr mir noch berichten, was es mit den Grundstücken auf sich hat, die ihr für uns hier in Malmö gefunden habt."

In diesem Fall antwortete Gustav:

„Mein Vater hat sich hier unter seinen alteingesessenen Geschäftsfreunden umgehört und die konnten ihm berichten, dass es zwei ehemalige Mitstreiter gibt, die ihre Grundstücke veräußern möchten, weil sie zu ihren Kindern nach Halmstad beziehungsweise nach Uddevalla ziehen möchten. Das größere Grundstück liegt direkt hinter dem Uferweg am Sund im Vorort Fridhem. Es ist bebaut mit einer schönen Villa im klassizistischen Stil und einigen Nebengebäuden. Ein schöner parkartiger Garten mit Rhododendren und Staudenrabatten, gepflegten Rasenflächen und altem Laubbaumbestand umgibt das Ganze, lässt aber auch einen freien Ausblick auf den Sund zu. Es wird dir bestimmt gefallen. Das zweite Grundstück liegt mehr im inneren Teil des Vorortes Ribertsborg. Es ist zwar auch sehr schön, aber ich glaube, dir wird das Grundstück in Fridhem besser gefallen."

„Also gut, wir machen das so, das Grundstück in Fridhem sehen wir uns morgen am Vormittag an. Du holst Willi und mich gegen halb zehn ab. Nimm möglichst eine große Kutsche, denn eure Damen möchten sicher auch mitkommen. Das neue Schiff besuchen wir dann übermorgen in Kopenhagen, auch da können die Damen dann mitkommen. Natürlich können auch Oskar und Eva an unseren Besichtigungstouren teilnehmen, wenn sie denn möchten."

Für diesen Tag war dann erstmal alles gesagt und getan. Martin war recht müde und wollte sich gern an Land in einem ordentlichen Bett mal in aller Ruhe ausschlafen.

Nach dem Frühstück am nächsten Morgen kam dann auch Gustav mit der Kutsche. Man hörte das Klappern der Pferdehufe auf dem Granitpflaster der Straße schon von weitem. Alles war bereit zum Aufbruch und es ging sofort in flottem Tempo zunächst in Richtung Hafen und kurz davor, aber bereits außerhalb der Festungswälle, in Richtung

Südwesten. Nach etwa zehn Minuten weiterer Fahrt hielt die Kutsche vor einem prächtigen Grundstück. Ein aus Eisen geschmiedeter Zaun mit einem zweiflügligen Tor begrenzte das Grundstück zur Straße. Die Einfahrt war mit Granitsteinen gepflastert. Sie führte um eine im klassizistischen Stil errichtete zweigeschossige Villa herum zur Gartenseite des Hauptgebäudes. Neben dem Tor der Zufahrt befanden sich eine Pforte und dahinter ein plattierter Fußweg zu einem seitlichen Nebeneingang. Gustav verließ jetzt die Kutsche und schritt auf den Nebeneingang zu. Dort betätigte er einen Türklopfer. Kurze Zeit später öffnete einer der dienstbaren Geister des Hauses und fragte nach dem Begehr. Gustav sagte ihm, dass er den Hausherrn sprechen möchte, denn der Kaufinteressent des Grundstücks sei gekommen. Kurze Zeit später erschien der Hausherr persönlich und lud die Gesellschaft ein ins Haus. Die Pforte wurde von einem Hausdiener geöffnet und die Kutsche rollte in die Einfahrt bis zur rückwärtigen Front der Villa. Hier führte die Einfahrt sanft ansteigend bis in Höhe einer großen Terrasse, die mit Granitplatten befestigt war. Der Haupteingang zur Villa befand sich unter einem großen Balkon, dessen Last zum Teil durch Säulen getragen wurde. Die Einfahrt führte dann zurück wieder im Bogen um die Terrasse herum zum Tor. Von der Terrasse aus hatte man einen schönen Ausblick auf den parkartigen Garten mit seinem vielfältigen Bestand an Laub- und Nadelbäumen. Hecken aus Ziergehölzen begrenzten die Rasenflächen und verhinderten die Einsicht vor neugierigen Blicken. An der Nordseite des Grundstücks befanden sich, hinter hohen Hecken versteckt, die Nebengebäude. Gustav

stellte dem Hausherrn seine Gesellschaft vor mit Rang und Namen. Danach wurde der kleine Trupp ins Gebäudeinnere eingeladen. Durch eine hohe zweiflüglige doppelt verglaste Tür gelangte man zunächst in einen kurzen Flur, der wiederum durch eine hohe zweiflüglige doppelt verglaste Tür begrenzt wurde. Dahinter gelangte man in das geräumige Vestibül mit seiner großen Treppe in das Obergeschoss. Doch zunächst begann der Hausherr seine Führung mit den Räumen im Erdgeschoss. Hier befanden sich vor allem die Wirtschafts- und sonstigen Funktionsräume. Die Küche hatte als Besonderheit einen Aufzug für Lebensmittel, Speisen und Getränke. Der Aufenthaltsraum für das Personal hatte ein System für die Benachrichtigung des Servicepersonals. Dann gab es hier Büros für den Butler und für die Hausdame. Den größten Teil des Parterres nahmen aber das Vestibül und seine Garderobe ein. Das Vestibül war mit einer prächtigen Stuckdecke ausgestaltet. Auch die Holztreppe, die ins Obergeschoß führte, war mit reichem Schnitzwerk verziert. Die Gesellschaft stieg jetzt die Treppe hinauf ins Obergeschoß. Hier gelangte man zunächst in einen offenen großen saalartigen Raum, von dem mehrere Türen abgingen. Eine zweiflüglige große Tür führte zu einem Raum, der wiederum mit einer zweiflügligen verglasten Tür sich zum Balkon hin öffnen ließ. Hierher führte der Hausherr zunächst seine Gäste.
Er öffnete die Türen und bat seine Gäste, zunächst die Aussicht vom Balkon zu genießen. In der Tat, vom Balkon aus hatte man eine wunderschöne Aussicht auf den Garten und den nicht weit entfernten Sund, auf dem jetzt bei dem schönen Wetter viele Segler unterwegs waren. Man konnte sich gar

nicht satt genug daran sehen. Aber schließlich war man ja eigentlich nicht als Gast, sondern man war als potentieller Kaufinteressent für diese Immobilie hier. So nahm denn die Führung ihren Fortgang. Hier oben befanden sich die Wohnräume des Eigentümerehepaares und seiner Gäste. Im schönsten dieser Räume hielt sich die gehbehinderte Ehegattin des Eigentümers auf. Ihr Gatte stellte ihr jetzt seine Gäste und ihre Absicht vor, die Immobilie käuflich zu erwerben. Die Dame lächelte freundlich und sagte, dass sie gern mit Ihrem Gatten dieses große Grundstück aufgeben möchte, um ihre letzten Lebensjahre bei ihren Kindern in Halmstad zu verbringen. Martin dankte ihr für ihre freundlichen Worte und sagte ihr, dass seine Angehörigen gerade einen großen Verlust durch das Hinscheiden des Ehegatten, Vaters und Schwiegervaters erlitten haben. Er selbst sei hier in Malmö der Aufsichtsratsvorsitzende der Malmö-Handelsgesellschaft. Sein kürzlich verstorbener Schwiegervater sei in Stralsund Eigentümer eines Getreidegroßhandels gewesen. Nach weiteren freundlichen Worten verabschiedete man sich von der alten Dame und wünschte ihr alles Gute. Der Hausherr führte noch durch einige Räume im Obergeschoß und erklärte im großen saalartigen Raum an der Treppe, dass dieser Raum vor allem auch für Empfänge gedient hat. Entsprechend waren Decke und Wände gestaltet. Man stieg nun noch eine schmale Treppe hinauf in das Mansardgeschoss. Hier war vor allem das Personal, das gegenwärtig aus fünf Personen bestand, untergebracht. Die Führung durch das Haus wurde jetzt in den Kellerräumen fortgesetzt. Hier befanden sich die Vorratsräume für Brennstoffe, Getränke und bestimmte Gemüse und

119

Kartoffeln. Alle Räume waren aufgeräumt, sauber und trocken. Die Wohnräume der Villa wurden mittels Kachelöfen in verschiedenen Formen und Farben beheizt. Die Brauchwasserversorgung der Küche und der Bäder erfolgte mittels Handpumpen aus einem großen Bassin im Keller. Das Bassin wurde durch Grundwasser gespeist.

Jetzt war man mit der Führung durch die Villa fertig und der Hausherr führte nun im Schnellgang durch die Nebengebäude. Zunächst kam das Stallgebäude an die Reihe. Hier waren vier Kutschpferde untergebracht, die von dem Gärtner betreut wurden. Im hinteren Teil des Stallgebäudes befand sich die Remise für eine vierspännige Kutsche und einen Einspänner. Weiterhin waren hier die schweren Geräte für den Garten untergebracht. Weiter ging die Führung nun zu einer Scheune und abschließend zu einem größeren Pavillon im Garten.

„So meine Damen und Herren nun haben Sie alles gesehen, was zu diesem Grundstück gehört. Es umfasst eine Fläche von einem Hektar. Fünf dienstbare Geister sorgen gegenwärtig dafür, dass hier alles richtig funktioniert. Das Personal wohnt in den oberen Räumen der Villa, die ich Ihnen vorhin zeigte. Im Bedarfsfall, bei größeren Feiern etwa, können wir auf geschultes Personal aus der Stadt zugreifen. Mein Wunschpreis für den Verkauf in Höhe von sechzigtausend Talern dürfte Ihnen bekannt sein? Er würde sich nicht sehr wesentlich verändern, wenn sie auch das Inventar übernehmen möchten. Erfreut wäre ich, wenn Sie im Falle des Kaufes auch das Personal übernehmen würden.“

Martin antwortete darauf:

„Sehr geehrter Herr, zunächst danke für die Führung über

dieses Grundstück Ich kann Ihnen heute noch keine feste Zusage für den Kauf geben, weil ich zunächst noch mit meiner Ehefrau und meiner Schwiegermutter nochmals hierher kommen muss. Mir selbst gefällt das Grundstück so wie es steht und liegt. Ich hoffe, dass es auch meinen Damen gefällt. Immerhin müssen sie ja ihre angestammte Heimat verlassen. Mit dem Kaufpreis habe ich keine Probleme. Ich bin sehr am Kauf dieses Grundstücks interessiert und werde meinen Damen gut zureden. Wir könnten wahrscheinlich noch Ende März wieder in Malmö sein und werden sie entsprechend von unserem Kommen in Kenntnis setzen. Entschuldigend möchte ich Ihnen noch mitteilen, dass ich erst gestern von einer Reise in die Vereinigten Staaten zurückgekommen bin. Ich habe dort einen neuen Großsegler gekauft, der zurzeit in Kopenhagen liegt. Ich hatte daher leider keine Zeit, Sie von meinem Kommen rechtzeitig in Kenntnis zu setzen. Schon morgen Abend reise ich weiter nach Stralsund. Nochmals vielen Dank und auf Wiedersehen!"

Wieder in der Kutsche angekommen sagte Martin:

„Dieses Grundstück entspricht voll meinen Erwartungen, ein anderes brauchen wir uns nicht mehr anzusehen. Ich werde der Mutter und Luise gut zureden, dass sie dem Kauf zustimmen. Es ist nun eigentlich zu spät geworden für ein Mittagsessen. Ich lade euch aber trotzdem ein, irgendwo eine Mahlzeit einzunehmen. Ihr seid ja nun schon lange Einheimische und werdet wissen, wo man gut speisen kann. Also dann!"

Am Freitagmorgen gleich nach dem Frühstück traf sich die ganze Gesellschaft an der Abfahrtsstelle der Fähre nach Kopenhagen. Hinzugekommen waren auch Oskar und Eva

Bengtson. Auf der Fähre diskutierte man noch über die gestrige Besichtigung des Villengrundstücks. Die Kenntnis von den Verkaufsabsichten der bisherigen Besitzer hatte Oskar Bengtson von einem Großhändler erlangt, der mit ihm befreundet ist. Es war in einer Stadt von der Größe Malmös nicht so einfach, einen solventen Kunden für den Kauf eines so großen und natürlich auch sehr teuren Objektes zu finden. Oskar meinte daher, dass sich Martin keine Sorgen machen sollte, dass ihm ein anderer Interessent zuvorkommt.

Nach dem Verlassen der Fähre brauchte die Gesellschaft nicht weit zu laufen, um sich das neue Schiff anzusehen. Die hochaufragenden Masten des Vollschiffes wiesen ihnen den Weg. Schon am Kai bestaunten die Damen und Herren seine schnittigen Linien. In dem dichten Gedränge des Kais war es gar nicht so einfach, bis zur Gangway durchzukommen. Schließlich lief der Entladevorgang der Fracht ununterbrochen. Martin Jachtmann meldete schließlich an Deck des Seglers angekommen dem wachhabenden Offizier die Ankunft des Supercargos mit Familienmitgliedern. Kurze Zeit später erschien Kapitän Berglund. Nach der Begrüßung der Gesellschaft und einigen erklärenden Worten des Supercargos, übernahm der Kapitän die Führung. Zunächst durften seine Gäste vom Hauptdeck aus in die beiden großen geöffneten Ladeluken hineinschauen, in denen jetzt eine Menge an Arbeitern dabei war, die Fracht zu entladen. Besonders die Ballen des Tabaks verströmten einen starken aromatischen Duft. Noch arbeitete man im Zwischendeck, aber in einigen Stunden, würde man die Lukenabdeckung zum unteren Deck freigelegt haben, um dann an die Baumwolle zu gelangen. Die gesamte Fracht war noch am Tage des Einlaufens in Kopenhagen günstig verkauft worden. Darüber würde Kapitän Berglund sicher noch im Anschluss an die Besichtigung des Schiffes im internen Kreis berichten. Es war ja klar, dass bei einer so großen Warenmenge in guter Qualität auch ein entsprechend großer Gewinn erzielt wurde. Auch Gustav Bengtson und Wilhelm Freese zeigten sich sehr beeindruckt. Ein so großes Schiff hatten beide noch nie betreten. Der Kapitän zeigte ihnen nun das Backdeck mit seinen technischen Einrichtungen auf der Back und seinen Lasten unter Deck. Die drei Damen der Gesellschaft bestaunten insbesondere die Größe der eisernen Anker und die Einrichtungen, die zu ihrem Fallenlassen und zum Hieven vorhanden waren. Was mussten das wohl für Kerle sein, die so etwas bewerkstelligen konnten? - Mögen sie gedacht haben.

Ins Mannschaftslogis führte der Kapitän seine kleine Gruppe nicht. Das wäre ohne Voranmeldung zu intim gewesen. Man ging jetzt nach achtern und wollte sich zunächst das Poopdeck ansehen. Über die Treppe an der Steuerborseite gelangte die Gesellschaft auf das Poopdeck. Der Kapitän erklärte den Damen die hier befindlichen Anlagen zur Führung des Großseglers. Der Steuerstand erregte ihr besonderes Interesse, war doch das Steuerrad so groß, dass sie es nicht überragten. Der Kapitän erklärte, dass bei schwerer See zwei Mann erforderlich wären, um es zu bedienen. Während der Kapitän ihnen dann noch den Kompass erklärte, besahen sich die Herren indessen den Löschvorgang bei den beiden Ladeluken, den man von hier oben sehr gut überblicken konnte. Martin nutzte das Schweigen seiner Schwager, die staunend das

Löschen der Ladung betrachteten dazu, ihnen nochmals den Vorteil eines schnellen und großen Tiefwasserseglers zu schildern. Im Anschluss an die Besichtigung des Poopdecks besichtigte man die Räume innerhalb der Poop. Kapitän Berglund erklärte die Funktion der Räume und ihre derzeitige Nutzung. Abschließend fand man sich im Salon ein, um gemeinsam eine Erfrischung einzunehmen. Während der abschließenden Diskussion erklärte Kapitän Berglund nach Aufforderung seines Reeders, wie hoch der Ertrag aus der Fracht dieser Reise sei, unter der Betrachtung, dass natürlich der größte Teil des Ertrags für den Kauf neuer Fracht aufgewendet werden muss. Jetzt konnten sich die Anwesenden natürlich vorstellen, was an Reingewinn aus einer einzigen Reise nach Nordamerika und zurück übrig blieb. Da würde sich eine Beteiligung von je fünfzehntausend Talern an den Baukosten des Schiffes schon nach einigen Fahrten sehr schnell und lohnend bezahlt machen. Wilhelm Freese erklärte, dass er vorbehaltlich der Zustimmung seiner Frau einer Beteiligung in dieser Höhe zustimme. Das Gleiche erklärte dann auch Gustav Bengtson. Abschließend erklärte Martin, dass er den Vertrag über die Beteiligung vom Anwalt der Familie in Stralsund ausfertigen lasse.

So war man dann in dieser Angelegenheit auch endlich zu einer Übereinkunft gekommen. Die Beteiligungsgelder seiner Schwager würde Martin für den Neubau einer Brigg oder eines Schoners einsetzen. Die weiteren Pläne standen noch nicht ganz fest. Zunächst einmal musste er dringend nachhause. Heute Abend sollte es mit seiner *Flora* endlich nach Stralsund gehen. Inzwischen war sein umfangreiches Gepäck schon an

Bord der Galeasse verstaut. In einigen Stunden würde die Heimreise fortgesetzt. Vom Fähranleger aus war zu sehen, dass man auf der *Flora* dabei war, das Schiff für die kurze Reise seeklar zu machen. Zunächst traf sich die ganze Gesellschaft noch einmal im Haus von Gustav und Elisabeth Bengtson. Man stärkte sich bei einem Imbiss und sprach sich kurz über die wichtigsten Ergebnisse von Martins Besuch aus. Gegen sechs Uhr abends machte sich die Gesellschaft auf zum Hafen. Martin meldete sich bei Schiffer Kröger an Bord, danach verabschiedete er sich von seinen Verwandten. Das Kommando des Schiffers zum Loswerfen der Festmacherleinen ertönte, Die Leinen klatschten beim Einholen ins Wasser des Hafenbeckens. Weitere Kommandos ertönten zu Ruderlage und zur Stellung der Segel, dann setzte sich die Galeasse langsam in Bewegung und strebte dem offenen Fahrwasser entgegen.

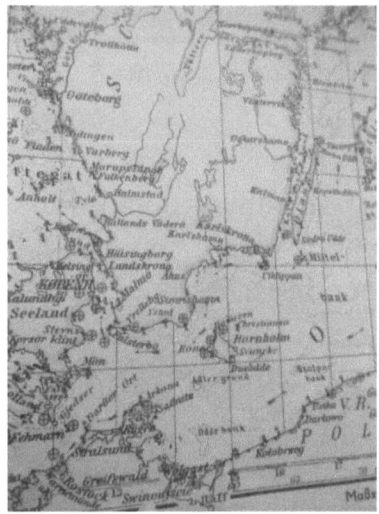

Kapitel XIII

Am Sonnabend, den neunten März, lief die *Flora* in den Stralsunder Hafen ein. Martin Jachtmann verabschiedete sich von Karl Kröger und begab sich sofort nach der Abfertigung durch die Beamten der Hafenbehörde auf den Weg nachhause.

Sein Gepäck wurde von zwei Matrosen zum Haus in der Heilgeiststraße geschafft. Jetzt erst war seine große Reise wirklich vorbei und er freute sich auf das Wiedersehen mit seiner Familie. Luise traf er im Kontor bei der Durchsicht von Papieren an. Ganz erstaunt und von Herzen erfreut zugleich erhob sie sich und stürzte ihrem Gatten in die Arme. Mit Tränen der Freude in den Augen konnte sie nur noch schluchzen „Martin, endlich bist du zuhause". Ein inniger Kuss verschloss ihr danach den Mund.

Immerhin hatte die Reise vom achtundzwanzigsten Dezember bis zum neunten März gedauert, das waren ganze einundsiebzig Tage. Tage, die voller unberechenbarer Gefahren auf See und an Land sein konnten. Zum Glück war ja alles gut gegangen.

„ Meine liebe Luise, jetzt bin ich wirklich zuhause. Was machen unsere Kinder und wie geht es deiner Mutter?"

„Unsere Kinder sind gesund und putzmunter, du wirst sie ja gleich sehen, denn ich mache hier Schluss. Ich habe hier nur die ein- und ausgehenden Rechnungen in die Bücher eingetragen und die eingetroffene Post von heute durchgesehen. Auch die Mutter ist auf den Weg der Besserung und wieder ansprechbar."

Das sind für mich wirklich gute Nachrichten, denn auch ich

habe nur Gutes zu berichten. Zunächst soll ich dir von unseren Malmöern alles Gute und vor allem Gesundheit im Neuen Jahr wünschen. Dann kann ich dir mitteilen, dass man in Malmö ein passendes Grundstück für uns gefunden hat und wir demnächst nach Schweden reisen werden, damit du es dir ansehen kannst. Ich habe es schon gesehen und schätze, dass es sicher auch dir und der Mutter gefallen wird. Übrigens war auch meine Mission wegen des neuen Schiffes ein voller Erfolg. Wenn wir demnächst sowieso nach Schweden reisen, könnten wir vielleicht einen Abstecher nach Göteborg unternehmen, denn dort wird unser Schiff noch bis Ende März im Hafen liegen, bevor seine nächste Reise an die Ostküste der Vereinigten Staaten beginnt. So, aber nun lass hier alles stehen und liegen, denn jetzt will ich meine Familie begrüßen und Hunger auf gutes Essen habe ich sowieso schon."

Martin nahm seine lederne Reisetasche auf und gemeinsam mit Luise stieg er die Treppe hinauf in das Obergeschoss. Schon im Vorzimmer konnte man das Lärmen der beiden Kinder hören. Friedrich August war jetzt noch nicht ganz fünf Jahre alt und die Tochter Charlotte fast zwei Jahre. Die Aufsicht über die Kinder führte momentan ein Dienstmädchen, das wie es schien, gerade die Kontrolle über die beiden verloren hatte. Als die Eltern den Raum betraten herrschte zunächst schlagartig Ruhe, dann aber brach großer Jubel aus. Endlich war der Vati wieder zuhause und ganz bestimmt hatte er auch etwas Schönes mitgebracht. Martin hob beide Kinder auf seine Arme und drückte sie glücklich an sich. Nachdem er sie wieder abgesetzt hatte nahm er seine Reisetasche auf und holte für jedes Kind ein in Schmuckpapier und mit einer

Stoffschleife umwickeltes kleines Päckchen hervor. In jedem der Päckchen befand sich Schokolade und ein kleines Spielzeug. Auch Luise bekam ein kleines Päckchen welches sie aber noch nicht öffnete. Selbst an das Dienstmädchen hatte Martin gedacht. Auch sie erhielt ein kleines Päckchen und bedankte sich ganz herzlich.

Luises Mutter hatte den Lärm und die Betriebsamkeit in den Räumen über ihren Zimmern vernommen und dachte sich schon, dass endlich wohl ihr Schwiegersohn Martin von seiner großen Reise zurück sei. Auch sie machte sich nun auf den Weg in das über ihrer Wohnung liegende Geschoss. Noch auf der Treppe dachte sie daran, dass mit der Rückkehr ihres Schwiegersohnes sich ihr bisheriges ruhiges Leben wohl künftig etwas anders gestalten würde. Man würde ja sehen!

Im engsten Familienkreis berichtete Martin dann am Abend zunächst von seiner erfolgreichen Reise nach Amerika und daran anschließend von seinem kurzen Zwischenaufenthalt in Malmö.

„So, ihr Lieben, jetzt möchte ich euch noch kurz von dem Grundstück in Malmö berichten, das Oskar Bengtson für uns gefunden hat und welches ich gemeinsam mit Katherina, Wilhelm, Elisabeth und Gustav besichtigt habe. Das Grundstück liegt ungefähr einen Kilometer vor den Wällen von Malmö, direkt am Ufer des Öresunds. Es hat eine Größe von einem Hektar und ist mit einer Villa und mehreren Nebengebäuden bebaut. Ein großer gepflegter Garten mit einem Pavillon, Rasenflächen, Stauden- und Blumenrabatten, Hecken aus Ziergehölzen und einem alten Baumbestand ist auch vorhanden. Von der Terrasse und vom großen Balkon der

Villa aus kann man direkt auf den Sund schauen und die Segler sehen. Es ist nicht weit bis zur Stadt und die Bengtsons wohnen in der Nähe. Wir hätten dort eine Kutsche und Pferde zur Verfügung und natürlich auch Personal für die Pflege und den Unterhalt des Ganzen. Für heute bin ich leider zu müde, um euch noch mehr zu erzählen, aber wir haben ja noch in den nächsten Tagen viel Zeit dafür. Wir werden noch in diesem Monat nach Malmö fahren, damit ihr euch alles in Ruhe ansehen könnt. In den nächsten Tagen habe ich vor, den Verkauf des Getreidehandels zum Abschluss zu bringen und den Verkauf des Gutes Ahrensfelde vorzubereiten."

Noch vor dem Schlafengehen fragte Martin seine Luise, ob man die Mutter wohl von dem Umzug nach Malmö überzeugen könne. Luise antwortete darauf:

„Wenn du ihr versprichst, dass sie ab und zu mal nach Stralsund und dann nach Ahrensfelde zum Friedhof fahren kann, dann wirst du sie wohl überzeugen können. Schließlich hast du damals auch deine Tante Hanna von dem Umzug von Barth nach Stralsund überzeugt. Sie ruht jetzt auch schon seit zwei Jahren an der Seite ihres Mannes auf dem Friedhof in Barth und wir waren inzwischen noch nicht einmal da, um nachzusehen, ob es mit der Grabpflege läuft."

„Ja, das stimmt und ich streue Asche reumütig auf mein Haupt. Bevor wir die Besichtigungstour nach Malmö starten, werden wir mit der Mutter nach Ahrensfelde fahren und anschließend nach Barth. Wir müssen uns dafür aber einen windstillen sonnigen Tag aussuchen, denn zurzeit ist es noch recht kühl. Die Kinder lassen wir aber hier. Die Tour würde die Kleinen viel zu sehr einem Risiko aussetzen."

Der nächste Tag, es war Sonntag der zehnte März, war noch ein sehr kühler Tag mit einem wolkenverhüllten Himmel. An diesem Morgen saß die ganze Familie beim Frühstück zusammen und als sie damit fertig war, erzählte Martin von dem neuen Schiff, das er in Amerika gekauft hatte und wie es ihm dort und auf der Reise nach Kopenhagen ergangen sei. Besonders der Knabe Friedrich-August konnte gar nicht genug davon hören, was sein Vati alles erlebt hatte. Er stellte immer wieder neue Fragen, die der Vater in aller Ruhe und geduldig beantwortete. Schließlich sollte sein Sohn ja einmal in seine Fußstapfen treten und das Geschäft weiterführen.

An diesem Sonntag widmete Martin der Familie seine ganze Aufmerksamkeit. Es standen ja jetzt auch Wochen und Monate voller Arbeit bevor. Bereits am morgigen Montag würde er weitere Gespräche mit dem Anwalt der Familie hinsichtlich des Verkaufes des Geschäftes für den Getreidehandel führen müssen. Danach war die Geschäftsübergabe terminlich festzulegen. Es hatte sich inzwischen auch ein solventer Interessent für das Gut Ahrensfelde angemeldet. Dazu musste ebenfalls noch ein Termin für die Besichtigung vereinbart werden. Auch die Reise nach Malmö mit Luise und ihrer Mutter bedurfte noch einiger Vorbereitung. Günstig für diese Reise wäre Donnerstag, der einundzwanzigste März. Dann führe der Postdampfer nach Malmö und man käme mit dem gleichen Schiff am Dienstag der darauffolgenden Woche wieder nach Stralsund zurück. Man müsste jetzt also den Verkauf des Getreidehandels so beschleunigen, dass er noch bis Ende April abgeschlossen werden könnte, Bei der Fülle der vor ihm stehenden Aufgaben fiel ihm dann noch ein, dass er beim morgigen Termin mit dem Anwalt auch noch den Entwurf für den Vertrag über die Beteiligung seiner Schwager an dem Vollschiff *Göta älv* absprechen muss.

Inzwischen hatte Martin durch in Geschäftskreisen kursierende Gerüchte in Erfahrung bringen können, wer der Interessent für den Kauf des Getreidegroßhandels sein könnte und er beschloss, keinen Vermittler damit zu beauftragen, sondern sich selbst darum zu kümmern. Zunächst sagte er den morgigen Termin beim Anwalt der Familie ab und verschob ihn auf den achtzehnten März. Am Montag, den elften März, fuhr er mit der eigenen Kutsche nach Barth, weil er jetzt den Namen des Kaufinteressenten kannte und auch schon persönlich mit ihm geschäftlich zu tun hatte. Er hatte Glück und traf den Herrn in seinem Kontor an. In dem längeren Gespräch, das sich zwischen den beiden entspann, legte Martin seine Gründe für den geplanten Verkauf offen. Dazu hatte er eine Offerte dabei, in der die Gebäude und baulichen Anlagen nach Alter, Zustand und Zeitwert erfasst waren. Dann legte er eine Umsatzbewertung der letzten fünf Jahre und die Aussichten für das laufende Jahr vor. Als Belege dafür dienten die Steuerbescheide des Kämmereiamtes und die Journale des verstorbenen August Waterstraat. Im Einzelnen waren alle Posten nochmals in einer Übersicht erfasst, sodass man den Wert der Positionen sofort ersehen konnte. Die Aufstellung ergab: Zwei eigene Speicher in Hafennähe, Windmühle mit Hofanlage an der Landstraße nach Rostock, zusammen dreißigtausend Taler, eingelagerte Ware sechzigtausend Taler (schon bezahlt). Außenstände an Waren dreißigtausend Taler (schon bezahlt, aber noch nicht angeliefert). Das wären zusammen also einhundertzwanzigtausend Taler. Das wäre also der Verhandlungspreis für den Verkauf des Getreidegroßhandels. Dazu würden dann auch die offiziellen Lizenzen und sonstigen Papiere und auch die Kundenlisten für den An- und Verkauf mit übergeben.

Der Kaufinteressent fragte dann nach dem möglichen Erwerb einer privaten Immobilie in der Stadt Stralsund. Martin versicherte ihm, dass er das Grundstück in der Heilgeiststraße nach dem Umzug seiner Familie, der wahrscheinlich schon im Mai bevorsteht, für einen Preis von dreißigtausend Talern erwerben kann.

Man einigte sich auf einen Besichtigungstermin für die Immobilien noch in dieser Woche, danach verabschiedete Martin sich und reiste nach Stralsund zurück. Unterwegs dachte er so beiläufig, dass es doch sehr gut war, ohne eine vertragliche Bindung mit einem Makler auszukommen. In diesem Fall des Verkaufes des Getreidehandels hätte ein Makler schon ganz schön zugelangt. Auch im Falle des Verkaufes der Immobilie in der Heilgeiststraße hatte man nun schon mal einen solventen Interessenten. Zuhause angekommen unterrichtete er Luise von seiner Barther Unternehmung.

„ Luise ich hatte dich ja schon gestern davon unterrichtet, dass ich nach Barth fahren muss, um den Verkauf des Getreidehandels in die eigenen Hände zu nehmen und somit zu beschleunigen. Wenn wir das Grundstück in Malmö nach unserer Besichtigung erwerben wollen, gehe ich davon aus, dass der Umzug nach Schweden schon im Mai vollzogen werden kann. Wenn wir dann dort wohnen, wird es sehr umständlich für uns, hier in Stralsund noch Geschäfte zu vereinbaren. Der mutmaßliche Käufer unseres Geschäftes wird noch in dieser Woche nach Stralsund kommen, um sich alles anzusehen. Er möchte sich auch nach einem Grundstück in der Stadt für Geschäftsräume und Wohnung umsehen. Da habe ich ihm schmackhaft gemacht, dass er unser Haus hier in der Heilgeiststraße erwerben kann. So kann er sich alles auf einmal ansehen. Ich denke schon, dass er an dem Kauf Interesse haben wird. Der Mann ist erst zweiundzwanzig Jahre alt, ist noch bis vor kurzem zur See gefahren und ist jetzt Korrespondenzreeder in Barth. Außerdem habe ich in Erfahrung gebracht, dass er noch andere Unternehmungen in Barth am Laufen hat. Ob er verheiratet ist weiß ich nicht, es interessiert mich auch nicht weiter. Mich interessiert im Moment nur, dass er hier in Stralsund das Gleiche aufbauen will, was wir in Schweden schon haben. Eine Konkurrenz kann das für uns nicht werden, aber vielleicht entsteht daraus eine Freundschaft."

„ Mein lieber Martin, wenn das so ist, wie du mir das gerade erzählt hast, dann hat ja dieser Unternehmer aus Barth das Gleiche vor, was du schon verwirklicht hast und gegenwärtig noch weiter in Schweden ausbauen möchtest. Sind denn alle Seeleute so zielstrebig wie du und Wilhelm?"

„ Zum Glück nicht Luise, sonst hätten wir ganz sicher mit böser Konkurrenz zu rechnen. Die meisten Seeleute haben wie Männer in jedem anderen Beruf auch, immer mit dem Ringen um das tägliche Brot für sich und ihre Familien zu kämpfen. Ich hatte das Glück, dass meine Eltern mir etwas an Vermögen hinterlassen hatten und ich mir die Seefahrt als meinen

Wunschberuf aussuchen konnte. Als ich dann mit meiner *Flora* ein älteres aber gut erhaltenes eigenes Schiff hatte, konnte ich meinen Beruf so erweitern, dass ich nicht nur als Seemann sondern auch als Kaufmann umfangreiche Kenntnisse erwarb. Der Rest der Geschichte ist dir ja bekannt. Freuen wir uns darauf, dass es uns persönlich weiterhin gut ergeht und unsere Familie vor allen Dingen gesund bleibt. Ich denke mal, dass der Unternehmer aus Barth noch diese Woche am Donnerstag hierher kommt. In einer so kleinen Provinzstadt kann er seinen Lebenstraum nicht weiter ausbauen und in einer größeren Hafenstadt wie es etwa Rostock ist, gibt es viel zu viel starke Konkurrenz. Unser Stralsund hat für ihn gerade die richtige Größe für eine übersichtliche Geschäftsausweitung. In Barth und in Stralsund gibt es noch viele Schiffer, die gern ein eigenes Schiff besitzen möchten, aber es fehlt ihnen doch häufig ein größerer Betrag an Talern, um die Finanzierung zu ermöglichen. Hier kann der neue Unternehmer als Korrespondenzreeder auftreten und Gelder von Interessenten als Parten einsammeln. So etwas Ähnliches machen wir ja auch in Schweden, aber im größeren Maßstab mit unserer Handelsgesellschaft. Aber nun lass uns erst mal weiter sehen, was wir in dieser Woche noch unternehmen müssen: Also morgen gehe ich nach dem Frühstück zu unserem Anwalt und lasse ihn einen Vertrag für den Verkauf des Getreidehandels entwerfen. Zunächst werden darin noch keine Geldbeträge und Termine für die Übergabe drin stehen. Auch den Namen für den Käufer lassen wir noch offen. Der Vertrag wird so abgefasst, dass er relativ schnell unterzeichnet werden kann, wenn die Vertragsparteien

Konsens erzielen. Durch diese Vorarbeit können wir bei den Verkaufsverhandlungen eine Menge Zeit einsparen. Das trifft natürlich auch für die Vorbereitung des Vertrags für das Grundstück Heilgeiststraße zu. Hier kann es sich jedoch zunächst nur um einen Entwurf für einen Vorvertrag handeln, denn wir wissen ja noch nicht wie der Käufer sich entscheidet. Ich denke, dass wir vielleicht mit diesen beiden Vertragsentwürfen morgen noch nicht zu Rande kommen, aber wir haben ja dann auch noch den Mittwoch. Am Donnerstag rechne ich dann mit dem Besucher aus Barth. Eventuell werden wir mit den Besichtigungen der Objekte und der Durchsicht der Bücher und sonstigen Papiere nicht ganz fertig. Unser Besucher müsste also auch bei uns übernachten. Am Donnerstag der nächsten Woche sollten wir uns dann auf die Reise mit der Mutter nach Malmö begeben. Sollten wir dazu unsere Kinder mitnehmen? Am Montag, den fünfundzwanzigsten März könnten wir mit dem Postdampfer wieder zurück sein. Wir müssten uns also in den nächsten Tagen auf die Reise nach Malmö vorbereiten. Was hältst du von alledem?"

„ Martin, vom geschäftlichen Ablauf her sind die Termine wichtig und richtig. Die entsprechenden Unterlagen haben wir ja schon durchgesehen und geordnet. Für die Reise nach Malmö mit den Kindern wird es wohl sehr auf das Wetter ankommen und da bist du mit deiner seemännischen Erfahrung gefragt. Wir werden ja mit dem Dampfer nicht lange auf der freien See umherschippern, aber das Wetter sollte schon einigermaßen normal sein. In der Kajüte des Dampfers sind wir zwar vor Wind und Regen geschützt, aber nicht vor der

Schaukelei bei Seegang. Ich sage dir ganz ehrlich, dass ich nicht seefest bin und die Mutter bestimmt auch nicht. Unser kleines Mädchen wird von alledem nicht viel mitkriegen, aber für unseren Friedrich könnte es ein Test für seine spätere berufliche Laufbahn sein."

„ Gut Luise, ich werde euch natürlich nicht unnötig irgendeiner Beschwernis aussetzen. Den Postdampfer habe ich ausgewählt, damit wir auch bei widrigen Windverhältnissen in einigen Stunden die freie Seestrecke schnell überwinden. Ich werde vor der endgültigen Terminentscheidung natürlich sehr genau das Wetter beobachten. In unserem Arbeitszimmer hängt ein Barometer, dessen Stand ich schon seit längerer Zeit jeden Tag genau beobachte und in mein persönliches Logbuch eintrage mit Datum, Stand, Wetter und Wind. Leider gibt es ja noch keinen Nachrichtenapparat, mit dem man eben schnell mal bei unseren Leuten in Schweden anfragen kann, wie dort das Wetter ist. Auch kann man sich nicht eben schnell mal an- und abmelden, dass man zu Besuch kommt, oder eben nicht. Wer weiß, wann das mal erfunden wird?"

Am Dienstag hatte Martin also den Termin beim Anwalt der Familie. Die Ausarbeitung der Verträge nahm viel Zeit in Anspruch. Man wurde natürlich an diesem Tag damit nicht fertig und musste auch noch die ganze Arbeitszeit des Mittwochs dafür nutzen. Schließlich hatte man alles nochmals gemeinsam durchgesehen und abgesprochen. Der Anwalt würde bei dem morgigen Termin mit dem Unternehmer aus Barth an den Besichtigungen und Verhandlungen ebenfalls mit dabei sein.

Am Donnerstag, den vierzehnten März, verkündete gegen halb zehn am Vormittag der Hausdiener den Besuch eines Herrn Beuger aus Barth, der mit seinem Geschäftsführer im Kontor des Hauses auf Herrn Jachtmann wartete. Martin sagte darauf zu Luise:

„Luise, unser Gast aus Barth ist also schon eingetroffen. Ich werde jetzt mit ihm einige Sachen absprechen, während du unseren Anwalt benachrichtigen könntest, denn ich hatte ihn ja gestern schon informiert, dass er an diesem Termin teilnehmen sollte."

„Gut Martin, ich mach mich sofort auf den Weg. Vorher sag ich unserer Hausdame Bescheid, dass sie sich im Kontor bei dir melden soll, um sich nach den Wünschen der Herren zu erkundigen. Schließlich haben die Gäste ja einen langen Weg hinter sich."

Während Martin also das einleitende Gespräch mit den Gästen führte, begab sich Luise zum Anwalt und verkündete ihm die Ankunft der Herren aus Barth. Beide machten sich dann sofort auf den Weg. Von der Mönchstraße bis zur Heilgeiststraße war es ja nicht weit. Nach dem Erscheinen des Anwalts begab man sich zunächst zu den beiden Speicherhäusern in der Nähe des Hafens, besichtigte den Zustand der Gebäude und die Menge sowie die Qualität des eingelagerten Getreides. Der Verwalter legte hierzu die entsprechenden Dokumente vor. Herr Beuger kannte sich gut aus, was die Qualität und Menge der Ware betraf und tauschte mit seinem Begleiter einige Kommentare aus. Von den Speichern ging man anschließend zurück zum Grundstück in der Heilgeiststraße. Hier hatte man in der Zwischenzeit eine zweispännige Kutsche für die Fahrt zur

Windmühle an der Landstraße nach Barth bereitgestellt. So ging die Besichtigungstour nun ohne Unterbrechung weiter. An der Mühle angekommen, sah man dass die Verarbeitung von Korn zu Mehl bei dem jetzt herrschenden mäßigen Westwind noch im vollen Gange war. Die Mühle hatte ein Alter von fünfzehn Jahren und befand sich in einem guten Zustand. Die dazugehörigen Hofgebäude waren im gleichen Alter wie die Mühle. Auch sie befanden sich in einem guten Zustand. Auf dem geräumigen Mühlenhof herrschte reger Betrieb von Gespannen mit Kunden die Getreide anlieferten oder Mahlgut abholten. Der Müller gab zu Fragen des Interessenten aus Barth bereitwillig und ausführlich Antworten. Der Hof war außer der Mühle noch mit einem Wohnhaus für den Müller, sowie mit einem Stallgebäude, zwei Scheunen und einem massiven Lagergebäude bebaut. Zum Grundstück gehörten eine Pferdekoppel und ein größerer Gemüsegarten. Die ganze Anlage machte einen ordentlichen und gepflegten Eindruck.

Martin Jachtmann befragte seinen Gast, welche Eindrücke er von den bisher besichtigten Immobilien habe. Dieser antwortete:

„ Sehr geehrter Herr Jachtmann. Ich bin ganz erstaunt, dass all diese Immobilien, die wir bisher besichtigten, in so gutem Zustand sind. Zu seinen Lebzeiten hätte Ihr Herr Schwiegervater bestimmt keinen Verkauf beabsichtigt. Sie hatten mir ja schon in Barth vorab die Vermögensaufstellung mit den Einzelwerten gezeigt und ich kann dazu nur sagen, dass es insgesamt alles real eingeschätzt war. Also können wir uns bei einem Kaufabschluss auch auf diese Aufstellung als möglichen Preis einigen. Wenn ich nun noch ein geeignetes Grundstück für Wohnung und Kontor in der Stadt fände, könnte der Verkauf schnell über die Runden gehen."

„Ja, auch in diesem Falle könnte ich Ihnen vielleicht behilflich sein. Haben Sie sich mit Ihrem Begleiter eigentlich schon eine Übernachtungsmöglichkeit für Ihren Aufenthalt in unserer Stadt ausgesucht? Wenn nicht, lade ich Sie herzlichst ein, mit meinem Hause Vorlieb zu nehmen. Wir sind auf Ihren Besuch vorbereitet. Gleichzeitig können Sie sich auch diese Immobilie zwecks käuflicher Erwerbung in aller Ruhe ansehen. Die Entwürfe für die Kaufverträge aller Objekte habe ich bereits durch meinen Anwalt vorbereiten lassen. Wir könnten schon am heutigen Abend damit beginnen, sie gemeinsam zu besprechen."

„Ich denke, das ist eine gute Idee. Ihr Angebot für die Übernachtung in Ihrem Hause nehmen wir gerne an."

„Also einverstanden. Wir fahren jetzt zurück zur Heilgeiststraße. Hier haben wir jetzt auch alles gesehen. Die Mühle gehört mit zum Getreidehandel und ist im Gesamtpreis enthalten. Wenn wir uns heute Abend einig werden über den Kaufvertrag können wir morgen die endgültige Fassung von meinem Anwalt ausstellen lassen. Wenn Ihnen das Grundstück in der Heilgeiststraße zusagt, räume ich Ihnen ein Vorkaufsrecht ein. Sie wissen ja schon, dass ich beabsichtige, mit meiner Familie nach Schweden auszuwandern, weil ich mein Tätigkeitsfeld schon seit einiger Zeit von Malmö aus betreibe."

Als die Herren wieder in der Heilgeiststraße ankamen war es zwar schon später Nachmittag, aber es war noch ausreichend hell, um bis zum Abendessen noch die Besichtigung der Gebäude vorzunehmen. Auch hier war der Gast aus Barth zufrieden mit dem baulichen Zustand. Über den Preis würde man sich bestimmt einig werden. Natürlich musste man in der Stadt Stralsund mehr für eine Immobilie bezahlen als in der Kleinstadt Barth, aber das war dem Herrn Beuger sowieso klar. Ohnehin musste für die Übernahme des Getreidehandels ein größerer Kredit bei einer erstrangigen Bank aufgenommen werden, wofür die Vorabsprachen bereits stattgefunden hatten. Nach dem Abendessen unterhielten sich die Herren im Kontor des Wohn- und Geschäftshauses zunächst über den Preis des Geschäftes für den Getreidehandel. Der geschätzte Wert lag hier bei einhundertzwanzigtausend Talern. Ohne das Feilschen um den Preis ging es wie bei fast allen Geschäften auch in diesem Fall nicht ab. Man einigte sich auf einen Preis von hundertfünfzehntausend Talern. Als Termin der körperlichen Übergabe an den Käufer wurde der dreißigste April dieses Jahres benannt. Für den Verkauf des Grundstücks in der Heilgeiststraße einigte man sich auf den von Martin Jachtmann vorgeschlagenen Preis von dreißigtausend Talern. Als Übergabetermin orientierte man sich für den Vorvertrag auf den einunddreißigsten Mai dieses Jahres. Nach Abschluss dieser Vereinbarung wurde der Anwalt beauftragt, die Ausfertigung der Verträge für den morgigen Tag vorzunehmen. Da es schon recht spät geworden war, wurde der Anwalt nachhause entlassen. Danach setzten die drei noch Anwesenden ihr Gespräch in gemütlicher Runde fort. Man unterhielt sich zunächst über die Seefahrt, ohne dabei in das allzu Persönliche zu verfallen. Herr Beuger erwähnte, dass er noch bis vor kurzem zur See gefahren sei, wie schon seine Vorfahren. Dabei habe er natürlich auch den Handel als Beruf für sich entdeckt. Die Seefahrt sei in diesen Zeiten ein hartes Brot und wenn man kein eigenes Schiff besitze, käme man kaum zu Wohlstand. Er selber sei dabei auf die Idee gekommen, für die vielen Schiffer an den Küsten der Ostsee im Grenzbereich von Mecklenburg und Vorpommern das notwendige Kapital für den Neubau von Schiffen in Form von kleinen und größeren Parten durch öffentliche Bekanntmachungen einzusammeln und als Korrespondenzreeder zu fungieren. Eigene Schiffe wolle er sich nicht anschaffen, da er sich mehr auf den Handel mit Getreide, Kohle und Eisen spezialisieren wolle.

Abschließend bemerkte er noch:

„Ich habe in Vorbereitung auf unsere Verhandlungen in Erfahrung gebracht, dass Sie, Herr Jachtmann, ebenfalls von Beruf eigentlich Seemann sind und dadurch, dass Sie das Patent als Schiffer in der Großen Fahrt haben und längere Zeit den Handel mit einem eigenen, wenn auch kleinem Schiff betrieben, sich umfangreiche Kenntnisse im Handel und auf vielen anderen Gebieten angeeignet haben."

„Ja Herr Beuger, ich hatte natürlich gute Voraussetzungen dafür, meinen eigentlichen Berufswunsch zu erfüllen, indem ich Seemann wurde. Meine Eltern hatten sich das anders vorgestellt. Sie wollten, dass ich eines Tages ihr Tuchgeschäft in Barth übernähme. Ich wollte aber raus aus der provinziellen Enge einer Kleinstadt und die Welt kennenlernen. Diese Vorstellung habe ich verwirklichen können, weil meine Eltern mir keine Steine in den Weg legten. Nach dem Tod meiner

Eltern kehrte ich zunächst nach Barth zurück. Dort erwarb ich aus dem hinterlassenen finanziellen Erbe meiner Eltern eine gebrauchte Galeasse und deckte mit ihr den Fahrtbereich der Kleinen Fahrt ab. Mein Wunsch ging aber immer dahin, Reeder im Bereich der Großen Fahrt zu werden und eigene Schiffe zu besitzen. Durch meine Heirat bot sich dann die Gelegenheit, diesen Wunsch zu erfüllen. Außer der Galeasse besitze ich zurzeit eine Brigg, eine Dreimastbark und ein Dreimastvollschiff als eigene Schiffe. Ich bin jetzt als Vorsitzender des Aufsichtsrates der Malmö-Handelsgesellschaft in Schweden tätig. Neben dem weltweiten Seehandel beschäftigt sich die Gesellschaft auch mit Reederei, Getreide- , Salz-, Eisen-, Holz- und Kohlehandlung im schwedischen Binnenhandel. Das geschieht natürlich im größeren Umfang als hier in Vorpommern. Warum es ausgerechnet Malmö in Schweden sein musste, kann ich Ihnen vielleicht bei anderer Gelegenheit mal erzählen. Für heute wünsche ich angenehme Nachtruhe. Übrigens Frühstück gibt es um acht Uhr in der Küche. Gute Nacht!"

Am Freitag, den fünfzehnten März, wurde die Besichtigung des Grundstücks in der Heilgeiststraße fortgesetzt. Abschließend erklärte Herr Beuger:

„Sehr geehrter Herr Jachtmann, auch dieses Grundstück ist gut in Schuss und ich bin mit dem von Ihnen vorgeschlagenen Preis in Höhe von dreißigtausend Talern einverstanden. Ich werde Ihren Vorvertrag für den Verkauf des Grundstücks nachher unterschreiben. Haben Sie sonst noch irgendwelche sonstigen Bedingungen zu diesem Angebot?"

„Nein Herr Beuger, weitere Bedingungen stelle ich nicht, aber ich wäre Ihnen sehr verbunden, wenn Sie die Hausangestellten weiter beschäftigen könnten. Übrigens würde ich Ihnen auch einen großen Teil des Mobiliars überlassen. Nach Schweden würde ich lediglich die Musikinstrumente, einige Gemälde und wenige Lieblingsstücke der Familie mitnehmen, denn in Malmö beabsichtige ich eine voll ausgestattete Villa direkt am Ufer des Öresundes zu erwerben. Ah, ich sehe gerade, dass der Anwalt aufkreuzt. Offensichtlich hat er mit seinen beiden Schreibern die ganze Nacht durch gearbeitet, um die Verträge fertig zu kriegen. Ach und dann hätte ich es beinahe noch vergessen, alles was hier noch an Vorräten in den Ställen, Remisen, Kellern und Böden vorhanden ist, ist in dem Verkaufspreis eingeschlossen. Dazu gehören auch die Pferde, die Kutschen und die Wagen. So, nun wollen wir aber den Anwalt begrüßen und dann im Kontor die Verträge nochmals lesen und bei beiderseitigem Einverständnis anschließend unterzeichnen."

Am Nachmittag wurden die Verträge dann unterzeichnet. Auch der Vorvertrag für den Verkauf des Wohn- und Geschäftsgrundstücks in der Heilgeiststraße gehörte dazu.

Nach einem abschließenden Umtrunk mit Champagner begab sich Herr Beuger mit seinem Begleiter dann auf den Heimweg nach Barth. Er hatte jetzt seine Weichen für eine erfolgreiche Zukunft in der Stadt Stralsund gestellt. Für die Familie Jachtmann und ihre Anverwandten war der Verkauf des Getreidehandels ebenfalls ein guter Erfolg. Dazu kam noch, dass man sich nun auch nicht mehr um einen solventen Käufer für das Grundstück in der Heilgeiststraße bemühen musste. Der Reise nach Malmö zur Besichtigung des

Villengrundstücks stand nun nichts mehr im Weg.

Eiserner Anker aus der Segelschifffahrtszeit
(auf dem Hof des Meeresmuseums Stralsund)

Kapitel XIV

Am Montag, den achtzehnten März, waren die Vorbereitungen für die Reise nach Malmö in Stralsund abgeschlossen. Das Wetter versprach für einige Tage stabil zu bleiben. Ein Hochdruckgebiet hatte sich über Südskandinavien gebildet, wie es oft um diese Jahreszeit geschieht. Zunächst wehte ein mäßiger Wind aus Nordwest bis West mit Stärke drei bis vier, gegen Abend würde er nachlassen und am Dienstagmorgen zunächst auf West drehen, dann wieder aufleben, um ebenfalls am Abend wieder nachzulassen. Da man sich mit dem Postdampfer ja nur wenige Stunden auf freier See befand, wären die Frauen und die Kinder auch nur kurze Zeit der Wirkung des Seegangs ausgesetzt. Martin erklärte das seinen beiden Damen. Man entschied sich dann gemeinsam, die beiden Kinder auf die Reise mitzunehmen.

Am Nachmittag des Montags traf der Postdampfer aus Malmö in Stralsund ein. Für Martin waren mehrere Geschäftsbriefe mit dabei, die er gleich nach dem Empfang öffnete und durchsah. Beantworten würde er die Schreiben bei seinem persönlichen Erscheinen im Büro der Malmö-Handelsgesellschaft. Jetzt galt es für ihn nur noch, die Platzreservierung auf dem Dampfer für den morgigen Tag zu veranlassen.

Am Dienstag holte ein Dienstmann in aller Frühe das umfangreiche Gepäck der Familie ab und brachte es zum Dampfer. Kurz danach begab sich Martin mit seiner Frau, den Kindern und mit der Schwiegermutter zum Hafen an Bord des Postdampfers. Gegen sieben Uhr gab der Dampfer ein Signal mit seiner Dampfpfeife und verließ kurz danach den Hafen von Stralsund. Für den Sohn August-Friedrich begann diese Reise wie ein Abenteuer, doch nach schon einer halben Stunde wurde es ihm zu langweilig und er holte den zum Teil versäumten Schlaf in den Armen seiner Mutter wieder nach. Etwa eine Stunde nach dem Verlassen des Hafens erreichte der Dampfer kurz hinter dem Ort Barhöft die freie See. Jetzt machte sich die leichte Dünung des Meeres bemerkbar und schläferte so sachte die wenigen mitreisenden Passagiere ein.

Am späten Nachmittag erreichte der schwedische Postdampfer den Hafen von Malmö. Martin winkte eine Kutsche und einen Dienstmann mit einem Karren heran. Die beiden Damen und die Kinder stiegen in die Kutsche, ihr leichtes Handgepäck nahmen sie mit. Martin benannte dem Kutscher das Reiseziel und gab den Damen Bescheid, dass er später nachkommen werde. Das schwere Reisegepäck beförderte der Dienstmann an die benannte Adresse. Martin begab sich zunächst in das Büro der Handelsgesellschaft. Er traf dort nur seinen Schwager Gustav an und erklärte ihm, dass er mit seiner Familie und der Schwiegermutter eingetroffen sei, um sich das betreffende Grundstück in Fridhem anzusehen. Er habe die Familie zunächst mit einer Kutsche zu Wilhelms Adresse vorausgeschickt, dort dürfte aber wohl der Platz für den Aufenthalt von einigen Tagen etwas zu knapp werden. Gustav erklärte darauf, dass es dann doch besser sei, wenn Martin mit seiner Familie und der Schwiegermutter die Zeit des Aufenthaltes hier in Malmö bei ihm logiere. Gustav informierte seinen Sekretär, dass er mit Herrn Jachtmann jetzt zum Getreidehafen unterwegs sei, um Herrn Freese zu treffen.

Heute würde er nicht mehr ins Büro zurückkommen. Im Getreidehafen lag die Galeasse *Flora* am Kai und löschte ihre Ladung. Martin sah natürlich sofort schon aus größerer Entfernung, dass da sein gutes altes Schiff lag und sagte zu Gustav:

„Lass uns zuerst zur *Flora* gehen. Wie lange ist die denn schon hier? Vielleicht ist Willi ja auch dort."

„Martin die *Flora* ist gestern von Ystad mit Gerste gekommen. Ich hatte bisher noch keine Gelegenheit, dir das mitzuteilen. Das Löschen wird wohl noch bis Montag dauern."

„Das trifft sich doch eigentlich gut. Da kann sie doch am nächsten Dienstag nach Stralsund segeln und meine Sippe und mich nachhause bringen."

„ Ja, das kriegen wir hin. Hast du so viel Weizen auf Lager für eine volle Ladung? Wir könnten momentan wieder mal etwas brauchen."

„Also, momentan habe ich noch die Gelegenheit, der Gesellschaft Getreide zu verkaufen. Übrigens kann ich dir schon jetzt verraten, dass der Verkauf des Getreidehandels in Stralsund vertraglich abgesichert ist. Die körperliche Übergabe soll am dreißigsten April stattfinden. Dies wird also die letzte Lieferung von unserem gemeinsamen Erbe sein. Alles Weitere werde ich heute Abend im Familienrat berichten."

Unterdessen waren sie am Liegeplatz der Galeasse angekommen. Wilhelm Freese und Schiffer Kröger kamen gerade aus der Achterkajüte. Beide waren erstaunt, Martin und Gustav zu sehen. Doch schon tönte es vom Kai herüber:

„Was für ein seltenes Gespann, Karl Kröger und Wilhelm Freese. Na, da komm ich dann mit Gustav mal an Bord!"

Jetzt gab es natürlich eine stürmische und fröhliche Begrüßung. Martin musste dann erklären, weshalb er nun in Malmö auftaucht:

„Lasst uns erst mal an Bord, sonst schreien wir uns ja hier noch heiser. Es braucht auch nicht jeder gleich mitbekommen, weshalb ich jetzt nach Malmö gekommen bin."

Zunächst lud Karl Kröger alle Drei ein, mit ihm in seine Kajüte zu kommen, dort wäre es ja schließlich angenehmer, als sich hier in der Kühle was weg zu holen. An Bord gab es also zunächst einen guten Schluck, danach gab Martin eine Erklärung ab, weshalb er jetzt hier sei:

„Karl, du wirst dich am meisten wundern, warum ich jetzt hier bin. Meine beiden Schwäger können sich das aber denken, denn ich war ja erst kürzlich von meiner Reise nach Baltimore in Kopenhagen angekommen und dann gleich nach meiner Ankunft mit der Fähre weiter nach Malmö geschippert. In Baltimore hatte ich einen Fullrigger in Auftrag gegeben und den dann abgeholt. Bevor ich aber nach Baltimore abreiste hatte ich meinen Leuten hier den Auftrag erteilt, sich nach einer Bleibe für mich und meine Familie umzusehen. Das haben die dann auch getreulich getan und ein wirklich schönes Heim für mich entdeckt. Zuhause in Stralsund habe ich meiner Sippe vorgeschwärmt, wie schön es hier in Malmö sei. Nun sollen sich alle mal ansehen, ob man sich hier wohlfühlen könne. So haben wir uns denn heute Morgen mit dem Postdampfer auf den Weg gemacht. Gleichzeitig hab ich den Vertragsentwurf für die Beteiligung von Gustav und Wilhelm an dem Fullrigger mitgebracht. Schließlich muss man manche Leute dazu zwingen, auf längere Sicht ihr Geld anzulegen, um damit Reichtum zu erwerben. Wenn die beiden das Erbe ihrer Ehefrauen in der Truhe lassen, wird es mit der Zeit leider immer weniger werden. Wenn meine Luise und die Mutter ihre Zustimmung zu dem Grundstück hier in Malmö geben, werde ich zwar eine schöne Stange an Geld los, aber ich wollte ja eigentlich sowieso hierher kommen. Übrigens habe ich den Vertrag für den Verkauf des Getreidehandels in Stralsund abgeschlossen. Das Geschäft wird am dreißigsten April übergeben. Karl, mit dem neuen Schoner, den ich noch dieses Jahr in Auftrag geben will, hab ich mir überlegt, dass wir ihn auf alle Fälle größer ausführen sollten, als es die *Miranda* von Wilhelm ist. Ich habe dabei an einen dreimastigen Rahschoner gedacht, der so um die hundertfünfzig Normallasten tragen kann. Allerdings musst du dir darüber klar sein, dass der Schoner auch im Winter in Betrieb ist und zwar in der Hauptsache im Mittelmeer. Allerdings hast du dann aber die Möglichkeit, auch im Winter Geld zu verdienen. Wilhelm und Gustav gebe ich die Gelegenheit, sich an dem Projekt Schoner zu beteiligen. Den Schoner werde ich wieder bei Möller in Stettin bauen lassen. Soweit erst mal von mir. Karl, ich hab die Absicht, dass du mich und meine Familie nächste Woche zurück nach Stralsund bringst. Willi, ich hab meine Familie erst mal bei dir untergebracht, Gustav hat aber vorgeschlagen, dass wir bei ihm unterkommen können. Ich denke auch, dass wir da mehr Platz haben. Sei also bitte nicht böse, wenn wir nachher noch einmal umziehen. So, das ist von mir nun aber alles. Ich denke wir nehmen jetzt hier bei Karl noch einen kleinen Schluck und dann mache ich mich mit Willi und Gustav auf den Weg. Karl wir sehen uns diese Woche bestimmt noch mal!"

Die drei Schwager begaben sich nun zunächst auf den Weg zu Gustavs Haus und sagten der Haushälterin Bescheid, dass man gegen sieben Uhr am Abend zurückkommen würde und die Familie Jachtmann sowie die Witwe Waterstraat mitbrächte. Anschließend ging es weiter zum Haus von Wilhelm Freese. Hier hörte man schon beim Öffnen der Haustür das fröhliche Lärmen von kleinen Kindern. Immerhin waren jetzt ein sechsjähriger und ein dreijähriger Knabe sowie ein vierjähriges Mädchen im Hause. Die beiden Ehefrauen sowie die Witwe saßen in aller Ruhe im geräumigen Wohnzimmer, tranken Kaffee aus feinen Porzellantassen und ließen sich durch das Spielen und Lärmen der Kinder bei ihrem Plauderstündchen nicht aus der Ruhe bringen. Es herrschte unter den Damen also so etwas wie norddeutsche Gelassenheit. Auf die Meldung von Frau Jörnsson hin, dass die drei Schwager eingetroffen seien, war es aber mit der Ruhe der Damen vorbei.

Man begrüßte sich herzlich und das Gespräch in dieser Runde nahm zunächst einen allgemeinen Verlauf, denn bei der Anwesenheit der Kinder wollte man nicht über ernsthafte Angelegenheiten sprechen. So sprach man zuerst darüber, dass man noch vor dem Abendessen die Familie Jachtmann zum Hause von Elisabeth und Gustav geleiten müsste, da dort mehr Platz sei für den Aufenthalt von einer Woche. Am morgigen Tag stünde zunächst die Besichtigung des Villengrundstücks in Fridhem auf der Tagesordnung. Die beiden Kinder von Luise und Martin würden auch mit dabei sein, weil man auch ihre Meinung zu dem geplanten neuen Zuhause hören wollte. Gustav sollte sich möglichst sofort nach Fridhem auf den Weg begeben, um die Besucher für den morgigen Vormittag anzumelden. Er nahm Elisabeth mit, die zuhause noch einmal nachsah, ob das Abendessen für die ganze Gesellschaft schon in Vorbereitung war.

Inzwischen trafen Wilhelm und Martin Vorbereitungen für den Umzug der Stralsunder in das Haus von Gustav und Elisabeth.

Die beiden Bengtsons hatten unterdessen ihre Mission im Ort Fridhem zufriedenstellend beendet. Auf dem Rückweg verblieb Elisabeth in ihrem Haus, um Vorbereitungen für den Einzug der Gäste zu treffen. Gustav fuhr mit seiner Kutsche weiter zu den Freeses. Dort angekommen sah er eine weitere Kutsche vor dem Haus. Offensichtlich war hier schon alles für den Umzug vorbereitet. Es war zwar kein weiter Weg zurückzulegen, aber mit schweren und zahlreichen Gepäckstücken war es schon bequemer mit der Kutsche zu fahren, auch hatte man zwei kleine Kinder und eine schon ältere Dame dabei.

Nach ihrem Umzug zu den Bengtsons bereiteten sich die Gäste aus Stralsund auf das Abendessen vor. Die Damen nutzten dabei die Gelegenheit, sich festlich herauszuputzen.

Das Abendessen verlief in einer aufgelockerten Stimmung, denn es gab viel Positives zu berichten. Als man die Kinder zur Nachtruhe gebettet hatte, ging man im Salon zu ernsthafteren Gesprächen über. Zunächst berichtete Martin über die Abläufe der letzten Tage in Stralsund:

„ Wie ich schon vor einiger Zeit berichtete, hatte ich einen Interessenten für den Kauf unseres Getreidehandels in Stralsund. Allerdings lief diese Angelegenheit zunächst über einen Makler, bis ich dahinter kam, wer der wahre Interessent war. Dabei handelt es sich um einen Händler und Korrespondenzreeder aus der vorpommerschen Kleinstadt Barth. Ich kannte ihn persönlich zwar nicht näher, hatte aber schon mit ihm geschäftlich zu tun. Nun umging ich den Abschluss eines Vertrages mit dem Makler und fuhr persönlich mit unserem Anwalt nach Barth. Dort traf ich den Interessenten, einen Herrn Beuger, in seinem Haus an. Wir führten ein ausführliches Gespräch über die Veräußerung des Stralsunder Getreidehandels einschließlich der dazugehörenden Immobilien und der Windmühle mit dem dazu gehörenden Mühlenhof. Ich legte dazu die erforderlichen Unterlagen gleich mit auf den Tisch und wir kamen dann zu der Abmachung, dass der Verkauf im Anschluss an die Besichtigung des ganzen Unternehmens vertraglich abgesichert werden könnte. Die Besichtigung haben wir dann gleich am nächsten Tag durchgeführt. Gemeinsam haben wir danach in einem Protokoll festgehalten, dass die Warenbestände, die Immobilien sowie die Papiere und Bücher in Ordnung waren. Der Anwalt hatte den Vertrag inzwischen ausgefertigt, den wir dann unterzeichneten Wir hatten uns auf einen Preis von einhundertfünfzehntausend Talern und auf die körperliche Übergabe am dreißigsten April dieses Jahres geeinigt. Das wäre das Wichtigste zum Verkauf des Getreidehandels. Da Herr Beuger seine künftige Geschäftstätigkeit nach Stralsund verlegen möchte, suchte er nach der Möglichkeit, ein Wohn- und Geschäftsgrundstück zu erwerben. Ich bot ihm an, das Grundstück in der Heilgeiststraße zu kaufen, weil ich ja sowieso nach Schweden umziehen wollte. Er zeigte sich sehr interessiert und wir kamen nach der Besichtigung überein, dass er das Grundstück mit dem größten Teil des Inventars nach unserem Auszug zu einem Preis von dreißigtausend Talern übernehmen könne. Damit alle Verträge wirksam werden können möchte ich euch darum bitten, sie zu unterzeichnen und zwar nur die Erben von August Waterstraat. Vor dem Verkauf des Grundstücks könnt ihr euch noch einige Lieblingsstücke des Mobiliars und der Ausstattung abholen. Für das Gut Ahrensfelde habe ich momentan noch keinen solventen Käufer. Ich bin nach wie vor der Meinung, das Gut sollte nur im Ganzen verkauft werden, da nur so auch ein anständiger Preis dafür erzielt werden kann. Für den Verkauf des Getreidehandels und des Grundstücks in der Heilgeiststraße erzielen wir also einen Preis von zusammen hundertfünfundvierzigtausend Talern, die entsprechend den Bestimmungen von Augusts Testament aufgeteilt werden und nach der körperlichen Übergabe an den Käufer ab Mai dieses Jahres für die Erben zur Verfügung stehen. Für den Verkauf des Gutes Ahrensfelde werde ich einen Aufruf zur öffentlichen Versteigerung in verschiedene Tageszeitungen einsetzen lassen.

Der Mindestwert für Gebote wird dabei auf vierhundertsiebzigtausend Taler festgelegt. Nachlassen können wir dann immer noch. Diese Angelegenheit kann dann auch wegen Ihres Umfanges und ihrer Größe auch nach unserem Umzug von hier aus weiter verfolgt werden. Zunächst lassen wir den Betrieb des Gutes weiter laufen. Morgen werde ich also nach dem Frühstück mit meiner Familie und unserer Mutter nach Fridhem fahren. Gustav, dich möchte ich bitten, als unser Dolmetscher mit dabei zu sein, falls es

Schwierigkeiten bei der Verständigung geben sollte. So, das wär`s von meiner Seite. Falls ihr noch Fragen habt, ich bin ja noch einige Tage hier. Für heute aber bin ich fix und fertig!"

Das war also der mit Spannung von der ganzen Verwandtschaft erwartete Abend. Jetzt konnten sich alle Anwesenden leicht ausrechnen, welchen Anteil am Erbe sie demnächst, das heißt also im Monat Mai, erhalten würden und was sie in der Zukunft noch erwarten können.

Nach dem Frühstück am nächsten Morgen, es war am Mittwoch, den zwanzigsten März 1839, bereitete sich die Familie Jachtmann auf die Fahrt nach Fridhem vor. Man wartete nur noch das Eintreffen von Gustav Bengtson ab, der wenige Augenblicke später mit einer Mietdroschke erschien. Es war kurz nach neun Uhr, als man sich auf den Weg nach Fridhem begab. Dort vor dem Grundstück angekommen sah man, dass das Tor der Einfahrt offen stand. Ein Hausangestellter wies die Kutscher an, direkt auf den Hof zu fahren. Hier wurde man also schon erwartet und fuhr die Rampe hinauf bis unter den großen Balkon, wo sich der Haupteingang der Villa befand. Voll spannender Erwartung stiegen Luise und ihre Mutter aus, dahinter folgte Martin mit den beiden Kindern. Die große verglaste Flügeltür wurde von innen geöffnet und das schon ältere Besitzerehepaar trat zur Begrüßung der Gäste heraus.

„ Willkommen in Fridhem liebe Gäste aus Deutschland! Für die, die uns noch nicht kennen, ich bin Olaf Lindgrön und dieses ist meine Frau Anna."

Darauf antwortete Martin:

„Guten Tag, Frau und Herr Lindgrön. Ich möchte Ihnen meine

Familie vorstellen. Dies ist meine Frau Luise mit ihrer Mutter, der Witwe Charlotte Waterstraat. Dann haben wir hier noch meinen Sohn Friedrich-August, er ist jetzt noch nicht ganz fünf Jahre alt und meine Tochter Susann-Christina, die bald ihren zweiten Geburtstag feiern kann. Meinen Schwager Gustav Bengtson kennen Sie ja schon. Ich habe ihn mitgebracht, weil er sich hier in Malmö auskennt und weil ich ihn brauche, falls es Schwierigkeiten bei der Verständigung geben sollte. Ich spreche zwar auch ein wenig schwedisch, aber nur so, dass ich mich halbwegs verständigen kann. Meine Familie möchte sich also heute Ihr Grundstück ansehen und dann entscheiden, ob sie mit mir einer Meinung ist. Ich hatte ja bei meinem letzten Aufenthalt hier versprochen, dass ich Ende des Monates März mit meiner Familie komme und dass es dann abschließend zu einer endgültigen Entscheidung kommt."
„ Ja Herr Jachtmann, Ihr Wort haben Sie gehalten. Die Reise hierher war für Ihre Angehörigen sicher mit einigen Unbequemlichkeiten verbunden. Wenn man aber eine Entscheidung für das Leben in einem anderen Land treffen muss, bleibt einem ja nichts weiter erspart, als sich selbst ein Bild zu machen, um diesen Schritt zu tun. Ich werde Sie jetzt durch das Haus führen, anschließend können Sie die Nebengebäude und dann den großen Garten besichtigen. Zum Abschluss möchten wir sie dann zu einem Essen im großen Saal der Villa einladen. Bitte folgen Sie mir nun!"
Die Besichtigung des ganzen Areals nahm gut drei Stunden in Anspruch. Martin blickte während des Rundgangs immer wieder zu Ehefrau und Schwiegermutter und sah an deren Minen, dass die beiden doch sehr angenehm überrascht sein

müssten. Luise fragte ihren Ehemann so ganz nebenbei, was denn das alles kosten würde. Er antwortete nur, dass man sich das leisten könne. Die Hauptsache wäre doch, dass man hier glücklich leben könne.

Am Ende der Besichtigungstour angekommen fragte Herr Lindgrön:

„Nun, meine Damen, wie hat es Ihnen gefallen? Die Meinung von Herrn Jachtmann ist mir ja bekannt, weil er schon mal alles gesehen hat. Nun hätte ich aber gerne gewusst, wie Sie sich entscheiden und was die beiden Kinder dazu sagen."

Luise war noch ganz beeindruckt von der Schönheit und den Möglichkeiten, die dieses Grundstück ihrer Familie bot:

„ Herr Lindgrön, zunächst danke ich Ihnen und Ihrer Ehefrau, dass wir dieses schöne Grundstück sehen durften. Ich glaube, dass ich damit auch im Namen meiner Mutter spreche. Ich hätte auch nie gedacht, dass das Klima um diese Jahreszeit hier schon so angenehm sein kann. Meine Kinder sind auch ganz begeistert von den Möglichkeiten, die dieses Anwesen ihnen bieten wird. Auch meine Mutter ist überzeugt, dass sie sich hier sehr wohlfühlen kann. Schließlich hätte sie dann ihre Töchter, Schwiegersöhne und Enkel um sich und würde sich nicht mehr so einsam fühlen. Ich denke, mein Ehegatte hat bedacht, dass wir uns dieses herrliche Anwesen leisten können und stimme dem Kauf zu, auch im Namen meiner Mutter und meiner Kinder."

Während Luise und ihre Mutter sich nun mit der Dame des Hauses unterhielten, berieten sich Martin, Gustav und der Eigentümer über den weiteren Ablauf des Grundstückkaufs.

„ Herr Lindgrön, sie haben ja nun von meiner Frau gehört,

dass meine ganze Familie mit dem Kauf dieses Grundstücks einverstanden ist. Meine Frau war ja noch skeptisch, ob wir uns das finanziell überhaupt leisten können, denn ich habe ihr noch gar nicht gesagt was das Anwesen überhaupt kosten soll, aber eigentlich hat sie auch gar keine Übersicht über unsere augenblicklichen finanziellen Möglichkeiten. Wir haben hier eine Erbengemeinschaft von vier Personen, die laut Testament des Erblassers alle zu gleichen Teilen erben. Unter das Erbe fallen ein gutgehender Getreidegroßhandel in der Stadt Stralsund mit eigener Mühle und Mühlenhof, Ein Wohn- und Geschäftsgrundstück in der Stadt Stralsund und ein großes unverschuldetes Landgut in der Provinz Vorpommern, dazu kommt noch mein eigener Besitz mit Anteilen an der Malmö-Handelsgesellschaft und mein eigenes Reedereiunternehmen mit mehreren Schiffen. Das Landgut aus dem Erbe meines Schwiegervaters ist momentan noch nicht verkauft. Es ist nicht mit Hypotheken belastet und wirft jährlich guten Gewinn ab. Wir wollen es aber als ein Ganzes verkaufen und da geht es um einen Betrag von fast einer halben Million Reichstaler. Solch ein großes Landgut verkauft man nicht eben mal so zwischen Tür und Angel, wie man bei uns so sagt. Dazu braucht man einen solventen Käufer und den findet man eben auch nicht gleich. Aber kurz und gut, nun zu unserem eigenen Geschäft: Sie boten mir dieses Grundstück für sechzigtausend Taler an, so wie es steht und liegt. Handeln sollten wir trotzdem. Ich biete Ihnen fünfzigtausend Taler."

„Herr Jachtmann, ich denke, dass die Differenz von zehntausend Talern zu meinem Gebot doch ein wenig zu groß ist und schlage deshalb vor, dass wir uns auf einen Preis von fünfundfünfzigtausend Talern einigen."

„Ich bin damit einverstanden Herr Lindgrön. Nun zu dem weiteren Ablauf: Ich benötige die Übergabe des Grundstücks bereits zum fünfzehnten Mai dieses Jahres, da ich mein eigenes Haus in Stralsund zum einunddreißigsten Mai an den Käufer des Getreidegroßhandels übergeben muss. Ich bin noch bis einschließlich Sonntag dieser Woche in Malmö und so müsste denn der Kaufvertrag bis dahin von einem Notar Ihrer Wahl aufgesetzt und von uns unterzeichnet werden. Ich lasse Ihnen meine Adresse und sonstigen Daten, die für den Vertrag und für die Eintragung in das Grundbuch benötigt werden, hier. Falls Sie noch Rückfragen haben, benachrichtigen Sie bitte Herrn Gustav Bengtson, der wird mich dann kontaktieren. Der Kaufvertrag sollte spätestens am Sonnabend dieser Woche vorliegen, damit wir ihn in Anwesenheit des Notars lesen und unterzeichnen können. Bei der körperlichen Übergabe des Grundstücks wird Ihnen sofort das Geld in Form einer Schatzanweisung auf ihr Konto bei der schwedischen Rijksbank übergeben. Zum Abschluss unseres Gespräches habe ich nur noch eine Frage: Werden Sie den Übergabetermin fünfzehnter Mai halten können?"

„Herr Jachtmann, den Termin werde ich einhalten. Ich möchte Sie auch noch an unser Gespräch von unserer ersten Begegnung erinnern und denke dabei an meine Bitte, das gegenwärtige Personal weiterhin zu beschäftigen. Ich werde dazu die nötigen Zeugnisse ausfertigen. Kann ich diesen Punkt mit in den Kaufvertrag einfließen lassen?"

„Ja, das können Sie. Schließlich braucht auch meine Familie eingespieltes Personal und so müssen wir uns das nicht sofort suchen. Es wäre gut, wenn der Notar schon bis zum Freitag den Entwurf des Vertrages fertig hat, dann hätten wir noch genug Zeit, falls Änderungen notwendig würden. So, nun denke ich aber dass wir für heute alles erledigt haben!"

„Noch nicht ganz Herr Jachtmann. Ich hatte ja Sie und Ihre Familie zum Abschluss dieser Besichtigung zu einem Essen im großen Saal der Villa eingeladen und dahin werden wir uns jetzt begeben."

Nach dem festlich anmutendem Essen führte Herr Lindgrön bei dem guten Wetter die Gäste noch einmal durch den großen parkähnlichen Garten. Im Pavillon stand noch eine kleine Erfrischung bereit. Martin fragte den Eigentümer, ob er es nicht bedauere, das herrliche Grundstück zu veräußern.

„Wissen Sie Herr Jachtmann, ich habe mit meiner Frau und mit meinen beiden Kindern viele Jahre hier herrlich und in Freuden gelebt. Jetzt im Alter jedoch kommen die Gebrechen. Die Kinder sind schon lange erwachsen und haben uns bereits seit längerer Zeit wegen beruflicher Angelegenheiten verlassen. Nicht mal in den Sommermonaten waren sie mit unseren Enkeln hier. Wir fühlen uns jetzt einsam und verlassen und möchten in die Nähe unserer Kinder ziehen. Ein weitaus bescheideneres Grundstück in Halmstad wäre unser Ziel. Dort könnten wir in der Nähe der Familie unserer Tochter wohnen und den Rest unseres Lebens verbringen."

„Dazu wünsche ich Ihnen und Ihrer Ehefrau alles Gute Herr Lindgrön!"

Nach diesem letzten Rundgang durch den Garten verabschiedeten sich die Gäste herzlich vom Ehepaar Lindgrön.

Besonders die Kinder hatten mit ihrem freundlichen Wesen und ihrer Anschmiegsamkeit bei den doch schon älteren Gastgebern und beim Personal des Hauses einen tiefen warmherzigen Eindruck hinterlassen. Herr Lindgrön verkündete seinen dienstbaren Hausgeistern, dass der Verkauf des Grundstücks angebahnt sei und bis Mitte Mai dieses Jahres abgeschlossen sein wird. Alle Hausangestellten werden ein positives Zeugnis von ihm erhalten und zu den gleichen Konditionen von dem neuen Eigentümer in Dienst genommen. Das wird alles so vertraglich geregelt. Damit wurden dem Personal die Ängste hinsichtlich des Verlustes ihres Arbeitsplatzes genommen.

Am Abend dieses Tages teilte Martin in der großen Familienrunde das Ergebnis der Besichtigung mit.

„Liebe Angehörige, im Ergebnis der heutigen Besichtigung des Grundstücks in Fridhem kann ich euch mitteilen, dass unsere Mutter Charlotte und meine gesamte Familie mit dem Erwerb des Grundstücks einverstanden ist. Noch in dieser Woche, voraussichtlich am Samstag, wird der Kaufvertrag unterzeichnet. Er sieht vor, dass uns das Grundstück so wie es steht und liegt am fünfzehnten Mai übergeben wird. Der Kaufpreis liegt bei fünfundfünfzigtausend Reichstalern deutscher Währung. Das Geld dafür stammt zur Hälfte aus meinem eigenen Kapital und zur anderen Hälfte aus Luises Anteil am Erbe ihres Vaters. Das Grundstück in Fridhem wird uns möbliert übergeben. Die Eheleute Lindgrön werden nur einige Lieblingsstücke mitnehmen. Das heißt für uns, dass auch wir nur einige Lieblingsstücke in unser neues Domizil mitnehmen werden. Das wäre der Konzertflügel für Luise, einige Gemälde und einige Schränke aus meinem ehemaligen Haus in der Stadt Barth. Wenn ihr auch noch einige Lieblingsstück aus dem Bestand von August haben möchtet, so müsstet ihr etwa bis zum zehnten Mai nach Stralsund kommen. Danach beginnt das abschließende Einpacken. Wir müssen das so einrichten, dass uns die *Flora* für die Verschiffung der Sachen und für das Übersetzen der Familie nach Malmö zur Verfügung steht. Übrigens habe ich Herrn Lindgrön zugesagt, dass ich das Personal, das gegenwärtig den Betrieb der Villa am Laufen hält, weiterhin beschäftigen werde. Wie das dann mit einer schwedischen Köchin gehen soll, weiß ich noch nicht. Schließlich bin ich eigentlich deutsche Hausmannskost gewöhnt. Man wird ja sehen! Unser Kindermädchen aus Stralsund möchten wir gerne behalten, aber da müssen wir erst noch fragen, ob sie mitkommen möchte nach Schweden. Für den morgigen Tag hab ich mir vorgenommen, mit Luise, der Mutter und dem Jungen nach Kopenhagen zu fahren. Da können sie außer dem Hafen auch mal etwas anderes von der dänischen Hauptstadt kennenlernen."

Am Donnerstag fuhr Martin also mit seiner Familie und seiner Schwiegermutter mit der Fähre nach Kopenhagen. Dort mietete er eine Droschke für einige Stunden für eine Besichtigungstour. An einigen interessanten Plätzen der Stadt hielt man an und bestaunte die Sehenswürdigkeiten. So zum Beispiel am Schloss Amalienborg, am Kongens Nytorf, an der Börse und am Schloss Christiansborg. Zum Schluss dieser Tour ließ Martin die Kutsche zum Hafen fahren und dort zum Liegeplatz seines Vollschiffes *Göta älv*. Er wies den Kutscher an, hier zu warten. Die ganze Gesellschaft stieg aus und begab sich an Bord des großen Seglers. Martin meldete sich beim Wachoffizier an, der den Kapitän benachrichtigte, dass der Reeder mit seiner Familie soeben an Bord gekommen sei. Kapitän Berglund begab sich sofort an Deck und begrüßte seine Gäste.

„Willkommen an Bord liebe Familie Jachtmann. Wie Sie sehen, sind wir immer noch beim Löschen der Fracht. Die ganze Ladung ist hier auf Empfehlung einer der dänischen Händler, die uns von Baltimore nach hier begleitet haben, an einen dänischen Großhändler verkauft worden. Wir könnten hier auch auf gleicher Empfehlung eine Weizenladung nach Baltimore zu etwas besseren Konditionen als in Göteborg bekommen und sparen uns dadurch die kurze Leerfahrt, die aber auch einige Kosten verursacht. Übrigens haben unsere ehemaligen Passagiere angefragt, ob sie die Rückfahrt nach Baltimore wieder mit unserem Schiff buchen können."

„Ich danke Ihnen Kapitän. Könnte der Steuermann meinem Jungen hier an Deck vielleicht mal das Schiff erklären, also das was gerade jetzt hier passiert, sowie ihm auch einige seemännische Ausdrücke beibringen? Er soll ja mal später mein Geschäft übernehmen. Übrigens, die ältere Dame, die uns begleitet, ist meine Schwiegermutter, ihr Mann ist vor kurzem verstorben."

„Oh, dazu mein herzliches Beileid! Selbstverständlich kann der Steuermann Ihrem Wunsch nachkommen. Übrigens haben wir für unsere Fracht ein wirklich gutes Ergebnis erzielt. Wir hatten für achtzehntausend Taler Ware eingekauft und haben diese für achtundzwanzigtausend Taler wieder verkauft. Die Getreideladung würde uns hier mit zweiundzwanzigtausend

162

Talern in Rechnung gestellt und wir könnten damit in Baltimore bei vergleichbaren Preisen, wie vor zwei Monaten, einen Preis von etwa vierzigtausend Talern erzielen."

„ Gut Herr Kapitän. Ihr Argument ist es natürlich wert, in Erwägung gezogen zu werden. Sie können die neue Fracht hier übernehmen und mit den Passagieren haben Sie ohnehin freie Entscheidungsmöglichkeit. Wann rechnen Sie, werden Sie hier wieder bereit sein zum Auslaufen?"

„Ich schätze so um den zehnten April herum, wenn wir die neue Fracht hier übernehmen und das Wetter da mitspielt. Lassen Sie uns doch bitte in meinen Salon gehen und eine Tasse Kaffee trinken. Da ist es für die Damen gemütlicher."

Dieser freundlichen Aufforderung wurde unverzüglich gefolgt. Der Koch erhielt die Anweisung, eine Kanne Kaffee aufzubrühen und dann den Knaben aufzusuchen und in den Kapitänssalon zu bringen. Für den Knaben sollte er eine Tasse heißen Kakao bereiten.

„Nun meine Damen, wie gefällt es Ihnen hier in meinem Reich? Sie Frau Jachtmann waren ja schon einmal hier und haben alles besichtigt, aber ich glaube, Ihre Frau Mutter war noch nie auf einem so großen Schiff, wie es dieser Segler ist."

„ Ja das stimmt. Ich glaube es gefällt meiner Mutter hier ganz gut, aber es ist ihr hier wohl alles zu klein in den Räumlichkeiten. Sie liebt große Räume und die Weite. Deshalb hat sie sich jetzt auch entschieden, mit uns nach Malmö zu ziehen. Wir werden dort ein größeres Grundstück mit einer geräumigen Villa erwerben. Mein Mann wird sein umfangreiches Betätigungsfeld ab den Monat Mai ganz von Malmö aus betreiben."

163

Einige Minuten später war auch der kleine Friedrich-August im Salon des Kapitäns eingetroffen. Er war noch ganz aufgeregt von dem Gesehenen und musste erstmal von seiner Mutter beruhigt werden, bevor er seinen Kakao trinken konnte. Inzwischen hatte Martin einen Blick auf die Standuhr des Kapitäns geworfen und festgestellt, dass man zum Fähranleger zurückkehren müsse, ansonsten hätte man eine längere Wartezeit vor sich. Man verabschiedete sich also von Kapitän Berglund und fuhr mit der Kutsche zum Fähranleger. Die Fähre nach Malmö würde in wenigen Minuten ablegen.

„Na Friedrich, wie hat dir der Ausflug nach Kopenhagen gefallen?" Martin sah bei dieser Frage seinen Sohn freundlich an und nickte ihm aufmunternd zu.

„Vati es war richtig prima. Am besten hat mir aber dein großes Vollschiff gefallen. Der Steuermann hat mir alles gezeigt und erklärt. Er hat mir auch einige Knoten gezeigt und gesagt, wozu die Seemänner die gebrauchen müssen. Ob ich später auch mal Seemann werde?"

„Das ist noch einige Jahre hin. Zunächst musst du lesen, schreiben und rechnen lernen. Auch verschiedene Sprachen musst du noch erlernen. Als Seemann und Kaufmann muss man sich in jedem Hafen dieser Welt mit den Menschen verständigen können. Zunächst musst du die schwedische Sprache erlernen, weil du dich sonst nicht einmal mit unserem neuen Personal unterhalten kannst." Insgeheim freute sich Martin, dass sein Sohn so wissbegierig und aufgeschlossen gegenüber allem Neuen war. Aus diesem Grund wollte er ihm jetzt die Technik der Dampffähre zeigen. Der Maschinenraum hatte auf dem Hauptdeck ein Skylight zum Lüften und für

Tageslicht. Von hier aus konnte man sehen, wie die wuchtige Maschine arbeitet. Man sah aus dieser Position, wie eine mächtige Eisenstange mit einem Kreuzkopf auf die Mitte einer eisernen Welle einwirkte und diese zum Drehen brachte.

„Siehst du mein Sohn, das wird die Technik der Zukunft sein. Unter einem Kessel wird ein starkes Kohlenfeuer gemacht. Der Kessel ist zum Teil mit Süßwasser gefüllt, dass erhitzt und zu Dampf wird. Der Dampf steht unter Druck und treibt den Kolben in der Maschine an. Die Wirkung sehen wir hier. Im Moment wird noch viel Steinkohle dafür verbraucht. Irgendwann, vielleicht in zwanzig oder dreißig Jahren könnte das aber die Zukunft für die Schifffahrt sein, sich vom Wetter mehr oder weniger unabhängig zu machen."

Es wurde wohl langsam Zeit, an einen Hauslehrer für ihn zu denken, bevor er nach dem Erlernen der schwedischen Sprache eine Schule in Malmö besuchen könne.

An diesem Abend unterhielten sich die drei Schwager über das neue Projekt von Martin, noch im Herbst dieses Jahres einen Ersatz für die Galeasse *Flora* auf Kiel zu legen. Martin wollte das Fahrtgebiet der Ost- und Nordseeschifffahrt nicht so ohne weiteres der Konkurrenz überlassen. Das zu bauende neue Schiff sollte seiner Meinung nach ein größerer Dreimastrahschoner sein, der bei einer Länge in der Wasserlinie von einhundertzwanzig Fuß, einer Breite über den Hauptspant gemessen von vierundzwanzig Fuß und einer senkrechten Zuladung von sechseinhalb Fuß etwa einhundertsechsundfünfzig Roggenlastenlasten tragen könne.

Das wären zweihundertvierunddreißig Normallasten. Der Tiefgang leer solle vorne leer bei siebenkommazwei und achtern leer bei siebenkommasechs Fuß liegen. Der mittlere Tiefgang leer würde dann siebenkommavier Fuß betragen und im beladenen Zustand bei dreizehnkommaneun Fuß. Das Verhältnis Länge zu Breite würde fünf zu eins betragen. Dieser Schoner könnte zweihundertvierunddreißig Normallasten tragen. Wenn Möller in Stettin den Schoner in diesen Abmessungen mit entsprechend scharfen Formen bauen kann, dann hätten wir ein schnelles Schiff für den Fahrtbereich der Ost- und Nordsee und des Mittelmeeres. Wir brauchen dann keine Winterliegezeit mit abgetakeltem Schiff, sondern können es das ganze Jahr über in Fahrt halten. Was würde uns dieses Schiff kosten? Ich rechne hier mit etwa dreißigtausend Talern wegen des kupferfesten Beschlags. Wenn wir uns diesen Betrag zu Dritt teilen, kommen also auf jeden von uns zehntausend Taler. Das ist alles machbar. Wir hätten dann ein Allzweckschiff, das schnell ist und eine Menge an Fracht tragen kann. Außerdem hat das Schiff keinen großen Tiefgang und kann in die meisten Häfen einlaufen. Ich brauche euch ja wohl nicht sagen, dass wir damit der Konkurrenz etwas voraus hätten. In Pommern und in Mecklenburg haben die meisten Frachtensegler ziemlich plumpe Formen um den Laderaum voll auszunutzen. Das geht dann zu Lasten der Geschwindigkeit und ist wohl der Knappheit des eingesetzten Kapitals beim Bau des Schiffes geschuldet. Meine *Flora* ist auch so ein Schiff. Wenn wir uns dagegen Willis *Miranda* ansehen, dann wissen wir, warum eine höhere Geschwindigkeit auch größere Vorteile hat. Ich habe also beschlossen, als Ersatz für meine Galeasse zum Herbst dieses Jahres einen Schoner bei Möller in Stettin in Auftrag zu geben.

Dieser Schoner soll eine Rumpfform nach dem Vorbild der schnellen Schoner von der Ostküste der Vereinigten Staaten bekommen. Wenn das neue Schiff fertig ist, werde ich die *Flora* für drei- bis viertausend Taler verkaufen. So, das dazu! Ich denke, dass morgen der Notar von Lindgrön den Vertrag soweit fertig hat, dass er verlesen werden kann. Gustav, du könntest mich wieder begleiten, falls es Schwierigkeiten bei der Verständigung geben sollte. Morgen Abend werden wir Drei uns bei Karl an Bord einfinden, falls eure Damen euch weglassen. Hab ich noch etwas vergessen, oder habt ihr beiden noch etwas? Wenn nicht, dann machen wir für heute Feierabend!"

Nach dem Frühstück am Freitagmorgen erschien ein Bote vom Anwaltsbüro mit der Nachricht, dass der Vertragsentwurf für den Kauf des Grundstücks in Fridhem fertig sei. Man könne ihn gegen zehn Uhr im Büro des Anwaltes einsehen. Martin begab sich also kurze Zeit später mit seinem Schwager Gustav auf den Weg zum Anwalt. Dort war inzwischen auch Herr Lindgrön eingetroffen. Nach der freundlichen Begrüßung las der Anwalt den Vertragsparteien den Entwurf des Vertrages vor. Beide Verhandlungspartner erklärten ihr Einverständnis mit dem Wortlaut des Textes, der in schwedischer Sprache abgefasst war. Im Anschluss erklärte der Anwalt, dass die Ausfertigung der Vertragsdokumente noch am Nachmittag des Sonnabends erfolgen könnte. Es wurde abgemacht, dass die Eintragung in das Grundbuch beim Kämmereiamt in Malmö durch den Anwalt beantragt wird. Der Kaufpreis würde dem Verkäufer nach Vollzug der gegenseigen Unterschriften am Sonnabend in Form einer Schatzanweisung auf das Konto des

Verkäufers bei der schwedischen Rijksbank übergeben.

Für diesen Freitag hatten die Damen ein eigenes Programm, um der Mutter die Stadt Malmö und die nähere Umgebung zu zeigen. Zwar war die Mutter schon einmal in Malmö anlässlich der Hochzeit von Elisabeth und Gustav, aber damals dachte sie nicht im Entferntesten daran, dass sie hier einstmals ihren Lebensabend verbringen würde. Nun also sah sie die Stadt mit ganz anderen Augen. In wenigen Wochen würde sie ständig hier wohnen. Draußen im Ort Fridhem war man ja unter sich und konnte den gepflegten großen Garten und die Aussicht auf den Sund mit seinem lebhaften Schiffsverkehr genießen, aber es blieb ja nicht aus, dass man zu besonderen Einkäufen oder zu Besuchen bei Verwandten sich immer mal wieder durch das Gewimmel in der Stadt begeben müsste. Aber die Hauptsache für Frau Charlotte war doch, dass sie ihre drei Töchter und ihre Enkel jederzeit sehen könnte. Während der heutigen Tour kehrte man unter anderem auch bei Eva und Oscar Bengtson ein, die ein schönes Grundstück im Vorort Ribersborg bewohnten. Auch dieses Grundstück lag direkt am Sund und besaß einen schönen parkähnlichen Garten. Es war nicht weit entfernt von dem Grundstück, dass Martin Jachtmann jetzt in Fridhem erwerben wollte. So hatte man in Zukunft doch wenigstens Verwandte in der Nähe wohnen, die man auch zu Fuß erreichen könnte. Bei den Eltern von Gustav Bengtson war man zur Kaffeezeit angelangt und wurde natürlich auch herzlich an die Kaffeetafel eingeladen. Für Charlotte war es ungewöhnlich, dass die Schweden ihren Kaffee mit viel Zucker süßten und auch der Kuchen enthielt viel von dem süßen Stoff. Frau Charlotte dachte sich, dass bestimmt das hier oftmals kühle und feuchte Wetter dafür wohl eine Rolle spielen müsste. Ob sich wohl ihr Schwiegersohn Martin oder ihre Tochter Luise an schwedisches Essen und Trinken gewöhnen können? Man wird ja sehen. Als wenn Martin ihre Gedanken lesen könnte sagte er plötzlich zu ihr: „Keine Angst Mutter, wir werden hier eine deutsche Köchin für deutsches Essen haben!"

Am Abend begaben sich die drei Schwager, wie schon am Vorabend verabredet, an Bord der *Flora*, wo sie schon von Karl Kröger erwartet wurden. Zu fünft, inzwischen war auch noch der Steuermann im Salon des Kapitäns eingetroffen, hatte man gerade noch so viel Platz in dem Raum, dass man einigermaßen bequem zusammen an der Back sitzen konnte. Zunächst bestätigte Martin seine Absicht, dass er mit seiner Familie am Montag der kommenden Woche mit der Galeasse nach Stralsund zurückkehren würde. Dann berichtete er von der heutigen Vertragsverhandlung über den Ankauf des Grundstücks in Fridhem. Karl wurde darüber informiert, dass man übereingekommen sei, im Herbst einen Dreimastrahschoner auf Möllers Werft in Stettin bauen zu lassen. Der Schoner würde nach Vorbildern von schnellen Küstenseglern der nordamerikanischen Ostküste gebaut. Sobald der Kiel gestreckt wird müsste sich Karl nach Stettin begeben, um dort den Bau zu überwachen. Der dortige Aufenthalt würde ihm natürlich bezahlt werden. Nach der Fertigstellung des Schoners würde er als Kapitän eingesetzt. Die *Flora* würde nach Fertigstellung des Schoners verkauft. Bis zum Verkauf der Galeasse wird der bisherige Steuermann als Schiffer für den betreffenden Zeitraum eingesetzt. Danach kann er als Erster Steuermann auf dem neuen Schoner anheuern.

Nach dieser Gesprächseröffnung wurde es noch ein feuchtfröhlicher Abend an Bord.

Am Sonnabend, den dreiundzwanzigsten März, begab sich Martin mit seiner Luise und Schwiegermutter Charlotte zum Anwaltsbüro in die Altstadt von Malmö. Heute sollte also der Kaufvertrag für das Grundstück in Fridhem abgeschlossen werden. Zu diesem Vorhaben hatte sich die kleine Gesellschaft feierlich herausgeputzt. Schließlich war es ja auch ein besonderes Ereignis. In der Kanzlei wurde man schon vom Anwalt und vom Verkäufer, Herrn Lindgrön, erwartet. Nach der Begrüßung erhielten die Zeichnungsberechtigten je eine Ausfertigung des Vertrages. Im Anschluss daran verlas der Anwalt den Vertrag noch einmal und befragte die beiden Parteien, ob alles so wie es geschrieben ist in Ordnung sei. Beide Parteien stimmten zu. Danach wurde das Dokument von Martin Jachtmann als Käufer, Herrn Lindgrön als Verkäufer und von dem Anwalt unterschrieben und gesiegelt. Nach diesem feierlichen Akt wurde noch mit französischem Champagner angestoßen und damit der Verkauf abgeschlossen. Um die Eintragung in das Grundbuch würde sich der Anwalt kümmern.

Am Abend wurde das Ereignis dann noch ordentlich im Kreis der Familie im Haus von Gustav Bengtson gefeiert. Bald würde also die ganze Verwandtschaft in Malmö vereint sein.

Am Sonntag trafen die Stralsunder ihre Vorbereitungen zur Abreise. Am Montagnachmittag war das Löschen der Fracht auf der *Flora* beendet. Während des Seeklarmachens gingen

Martin und seine Familie an Bord. Kurze Zeit später verabschiedete man sich, die Leinen wurden losgeworfen und an Bord eingeholt und die Galeasse glitt langsam hinaus auf den Öresund.   Am Dienstag lief die *Flora* am späten Nachmittag wieder in Stralsund ein.

Hafen von Stralsund um 1840 vom Dänholm aus gesehen
(Ausschnitt aus „Geschichte der Stadt Stralsund „ S.237)

Kapitel XV

Noch einmal wurde die *Flora* im Stralsunder Hafen mit einer Fracht pommerschen Weizen aus August Waterstraats Hinterlassenschaft beladen. Am zweiten April verließ sie Stralsund und am Morgen des vierten Aprils lief sie in Malmö ein. Bis Mitte Mai würde die Galeasse nun nicht mehr nach Stralsund kommen. Zwischen dem zehnten und dem vierzehnten Mai würde sie dann die Habe der Familie Jachtmann in Stralsund für den Umzug nach Schweden übernehmen und dann die Familie nach Malmö bringen. Jetzt, zu Anfang April, begann die Familie Jachtmann ihren Umzug nach Malmö endgültig vorzubereiten. Alle persönlichen Sachen, die auf längere Sicht nicht mehr gebraucht würden, verpackte man in Kisten und Kästen und beschriftete diese so, dass man später keine Schwierigkeiten beim Einräumen in die entsprechenden Schränke bekam. Viele Kleidungsstücke schenkte man den Bediensteten des Hauses oder bot sie kirchlichen Hilfsorganisationen an. Langsam stapelten sich in einigen Räumen Truhen und Kisten sowie leere Schränke, die man mitnehmen wollte. Allmählich wurde es in einigen Räumen ungemütlicher. Zu viele Sachen wollte man wiederum auch nicht mit nach Schweden nehmen, weil der bisherige Eigentümer der Villa in Fridhem ja einiges von seinem Mobiliar mit übergeben wollte. Auf alle Fälle hatte Martin die Absicht, seine von der Barther Wohnung mitgebrachten Sachen auch nach Schweden mitzunehmen.
Nach dem die Galeasse *Flora* den Stralsunder Hafen verlassen hatte, wurde das Geschäft des Getreidehandels für die Firma

August Waterstraat endgültig beendet. Das Personal blieb noch bis zur Übergabe des Geschäftes an den neuen Inhaber im Dienst und wurde von Martin Jachtmann entlohnt. Das traf auch für das im Wohn- und Geschäftshaus in der Heilgeiststraße beschäftigte Personal zu. Am zwölften Mai lief die *Flora* wieder im Stralsunder Hafen ein und am dreizehnten Mai holte eine Speditionsfirma die bereitgestellten Sachen für den Umzug ab und brachte sie zum Hafen, wo sie auf der Galeasse seefest verstaut wurden. Am Vormittag des vierzehnten Maies verabschiedeten sich Luise und Martin vom Personal. Alle Angestellten erhielten ihre Zeugnisse und finanziellen Zuwendungen. Es wurde ihnen gesagt, dass sie im Dienst bis zur Übernahme durch den neuen Eigentümer bleiben müssten. Manche der Anwesenden hatten beim Abschied Tränen der Rührung bei Martins letzten Worten in den Augen.

Gegen Mittag verließ die Galeasse Stralsund. Das Kapitel Getreidehandel von Stralsund war für die Familie Jachtmann für immer beendet. Noch lange stand die Familie an Deck und blickte wehmütig zurück auf die langsam im Dunst entschwindende Silhouette der altehrwürdigen Stadt.

Kapitel XVI
Das Jahr 1843

Mit gemischten Gefühlen hatten Luise und ihre Mutter die deutsche Heimat verlassen. Zwar wussten sie, dass in der neuen Heimat Schweden alles für ihre Ankunft vorbereitet war und sie keine Existenzängste ausstehen mussten, aber es würde sicherlich ein längerer Anpassungsprozess notwendig sein, bevor man richtig heimisch werden könnte. Für Martin Jachtmann gab es solche Probleme nicht. Er hatte sich schon seit einigen Jahren mit dem Gedanken der Auswanderung vertraut gemacht. Hier in den Häfen von Malmö und Göteborg konnte er seine Fähigkeiten als Reeder und Kaufherr voll unter Beweis stellen. Zwar gab es auch in Schweden Bürokratie und sicher auch korrupte Beamte, aber man war hier weltoffener und betrieb sein Handelsgeschäft von Häfen, die für Tiefwassersegler geeignet waren und hier an der Westküste das ganze Jahr über die Schifffahrt ermöglichten. Das war von der pommerschen und mecklenburgischen Küste aus nicht möglich.
Im Winter lag die Schifffahrt hier in Winterruhe.
Jetzt, im März 1843, hatte sich die Familie Jachtmann in ihrem neuen Domizil eingelebt. Die Räume der Villa waren entsprechend den Vorstellungen Luises den modernen derzeitigen Bedingungen angepasst worden. Die Wirtschaftsgebäude und der große Garten blieben jedoch unverändert. Die Voreigentümer hatten außer ihrer persönlichen Habe nur gemalte Portraits ihrer Familie mitgenommen. Von dem zurückgelassenen Mobiliar wurden

174

einige Stücke ausgesondert oder an das Personal verschenkt. Dafür kamen die aus Stralsund mitgebrachten Sachen in die Räume. Luise richtete sich einen Musiksalon ein und als Höhepunkt stand hier der mitgebrachte Konzertflügel. Martin hatte mehrere Räume für sich in Beschlag genommen. Von hier aus führte er sein Reedereigeschäft, das in den letzten vier Jahren erheblich gewachsen war. Er verfügte jetzt über vier eigene Großsegler und zwei schnelle Schoner. Dazu kam noch das Geschäft als Korrespondenzreeder für sechs große Tiefwassersegler und acht Küstensegler. In der Villa hatte er eine Kanzlei eingerichtet, die ständig mit zwei Fachleuten besetzt war, die die Flotte kaufmännisch betreuten. Mit der Stadt Stralsund hatte er jetzt nichts mehr zu tun. Auch das Gut Ahrensfelde war vor zwei Jahren verkauft worden. Alle Erben von August Waterstraat waren ausbezahlt. Die Galeasse *Flora* war auf einer Versteigerung in Kopenhagen vor drei Jahren für dreitausendfünfhundert Taler verkauft worden. Das Geld steckte Martin Jachtmann in den Bau des Dreimastschoners *die drei Schwestern.* Dieser Schoner war für einen weltweiten Einsatz konzipiert und hatte eine Ladefähigkeit von zweihundertvierunddreißig Normallasten. Der zweite Schoner hatte die gleichen Abmessungen, die gleiche Takelung und die gleiche Tragfähigkeit. Er trug den Namen *Stadt Barth.* Der vierte Großsegler war die getreue Kopie der Dreimastbark *August Waterstraat* und trug den Namen *Strelasund.* Wilhelm Freese und Gustav Bengtson hatten sich mit bedeutenden Parten an Martins Reederei beteiligt. Auch andere Mitglieder des Aufsichtsrates der Malmö-Handelsgesellschaft beteiligten sich an dem aufstrebenden Reedereigeschäft, ohne aber den schwedischen Binnenhandel aus den Augen zu lassen. Auf der Aufsichtsratssitzung der Handelsgesellschaft schlug Martin den Ausbau der Dependance in Göteborg vor. Von diesem Hafen aus entfiel der ermäßigte Sundzoll für die nach Westen abgehenden schwedischen Schiffe. Für Martins eigene Schiffe brauchten für die Passage des Öresundes keine Zollabgaben an den dänischen Fiskus gezahlt werden, da sie in der Hansestadt Danzig registriert waren und somit von der Befreiung dieser Abgabe profitierten. Martin schlug weiterhin vor, für den Hafen von Göteborg einen Dampfschlepper anzuschaffen. Der Schlepper könnte die Segler bei ungünstigen Wetterbedingungen die etwa zehn Seemeilen lange Einfahrt den Hakefjord hinauf bis in den Stadthafen schleppen, somit wäre die Gefahr des Abwetterns auf Legerwall an der Außenreede gebannt. Im Hafen selbst könnte der Schlepper zum Verholen oder als Fähre eingesetzt werden. Unterstellt werden könnte der Schlepper dem Verantwortlichen für die Grundmittel Wilhelm Freese. Ein solches Dampfschiff könne man in England für einen Preis von etwa zwölftausend Talern erwerben. Die Entscheidung für den Schlepper fiel positiv aus. Wilhelm Freese erhielt das Mandat, nach Prüfung der Rentabilität, den Ankauf des Schleppers in England zu tätigen.

Martin Jachtmann verkündete, dass ihm bekannt wurde, dass ab sofort die englischen Korngesetze zum Teil außer Kraft gesetzt wurden beziehungsweise nur noch locker gehandhabt werden. Ursache hierfür war wohl, das durch das Abwandern der Landbevölkerung in die Städte die Bevölkerung nur noch unzureichend mit Getreideprodukten versorgt werden könne. Daraus folge, dass man jetzt auch Getreide aus anderen

Staaten mit Schiffen unter schwedischer Flagge direkt nach England transportieren könne Das hat natürlich positive Folgen für den Einsatz der eigenen Reederei und der Handelsgesellschaft.

Wilhelm Freese war sehr erfreut darüber, dass man ihm die Beschaffung eines Dampfschleppers aus England übertrug. Er hatte sich ja bereits vor einigen Jahren in Newcastle beim Kauf der Dampfmaschine für die Mühle in Burow für verschiedene Maschinentypen interessiert. Mit Schwager Martin führte er nun ein Gespräch über die einzelnen Parameter des geplanten Dampfschleppers:

„ Martin, du hast dir doch schon seit einiger Zeit Gedanken um die Anschaffung eines Dampfschleppers gemacht, der für den Hafen von Göteborg eingesetzt werden soll. Kannst du mir nun nähere Angaben zu der Konstruktion machen?"

„ Willi, zunächst mal sollte der Rumpf aus Eisen sein. Außerdem sollte er keine Schaufelräder haben, sondern mit einer Schraube angetrieben werden, das erleichtert das Manövrieren in engen Fahrwassern. Die Dampfmaschine sollte eine Leistung von etwa achtzig PS haben. Dazu benötigen wir bei den jetzigen Abmessungen der Maschine und des Dampfkessels einen Schiffskörper von etwa siebzig Fuß in der Länge und dreißig Fuß in der Breite. Der Tiefgang sollte bei etwa sieben bis acht Fuß liegen. Für die Bevorratung mit Kesselwasser brauchen wir unter Deck einen Behälter für einen Vorrat von etwa einer Woche. Die Bunker für die Kohle sollten ebenfalls möglichst einen Vorrat für eine Woche fassen können. Den Tagesverbrauch an Kohle schätze ich im Regelbetrieb des Dampfers mit eineinhalb Lasten ein. Der restliche Raum unter Deck kann für die Unterbringung und Versorgung der Crew genutzt werden. Der Decksaufbau sollte als Schacht für den Aus- und Einbau der Maschine, des Kessels und des Zubehörs dienen. Der Schlepper sollte auch ein Ruderhaus bekommen und einen Signalmast. Zu berücksichtigen wäre auch, dass der Schornstein eine gewisse Höhe für den Kesselzug haben muss und sich wegen eventueller Brückendurchfahrten umlegen lassen müsste. Übrigens wird dieser Dampfer kein Rigg bekommen.

Wir könnten uns ja auch noch Skizzen anfertigen, wie das alles aussehen soll. Zeit haben wir ja noch genug. Übrigens habe ich kürzlich in einer deutschen Tageszeitung vom vergangenen Jahr gelesen, dass man sich in Rostock schon vor einigen Jahren einen Dampfer angeschafft hat, der für Schleppdienste und zum Teil für Ausflugsgäste genutzt wird. Das Schiff soll in Glasgow gebaut worden sein und rund neuntausend Taler gekostet haben. Ich würde dir raten, Erkundigungen einzuholen, ob der Dampfer dort noch im Einsatz ist und ob so ein Ding für uns zu gebrauchen wäre. Wir beide haben ja eigentlich nichts für die Qualmkotzer übrig, aber in diesem Fall müssen wir ja wohl von praktischen Erwägungen für unsere Seglerflotte ausgehen, deren Sicherheit beim Ein- und Auslaufen gerade auch in Göteborg dadurch erhöht werden kann. Also sage mir Bescheid falls du dich nach Rostock auf den Weg machen willst, eventuell komme ich mit. Vielleicht warten wir noch ab, bis unser Schoner *die drei Schwestern* unter Karl Kröger wieder hier ist und eine neue Ladung Weizen aus Pommern oder Mecklenburg holen soll. Das kostet uns dann weniger Spesen."

Wilhelm Freese antwortete darauf:

„Also, das mit dem Dampfer in Rostock wusste ich noch nicht, aber es vereinfacht für uns die ganze Sache. Ich werde mich bei Gustav mal erkundigen, ob er neue Nachrichten hat, wo unsere beiden Schoner sich gerade befinden. Bist du jetzt auf dem Weg, deine Meinung über Dampfer generell zu ändern? Aber das würde ich dir nicht glauben!"

„Nein Willi, meine Meinung über Dampfer hab ich natürlich nicht geändert. Ich gehe eigentlich immer davon aus, welchen Nutzen ich aus einer geschäftlichen Angelegenheit ziehen kann. Für den Einsatz von Handelsschiffen unter Dampf mit Kohlefeuerung für die Kessel sehe ich zumindest für unsere Reederei vorläufig noch keinen Bedarf. Wir sehen ja in diesen Jahren, dass gerade die Engländer, aber auch unsere deutschen Reeder an der Nordseeküste, immer mehr Handelsschiffe unter Dampf für den Transatlantikverkehr in Fahrt bringen. Das rentiert sich aber zunächst nur in der Linienfahrt mit Fracht und Passagieren. Es geht aber auch nur dadurch, dass ein ausreichendes Angebot dafür ständig vorhanden ist. Für uns wäre der Einsatz eines Schiffes im Linienverkehr von Göteborg aus nach zum Beispiel New York für die Hin- und für die Rückfahrt jeweils um zwei bis drei Tage länger. Dafür brauchte man dann natürlich auch mehr Kohle für die Dampferzeugung. Das würde für uns unter den gegebenen Verhältnissen bedeuten, dass wir unterwegs eine Station brauchten, um unseren Kohle- und Wasservorrat zu ergänzen. Das würde dann aber auch den Einsatz eines Dampfers verteuern. Dazu kommt noch, dass die Dampfmaschinen heutzutage nicht immer zuverlässig arbeiten.

Die gegenwärtig im transatlantischen Linienverkehr eingesetzten Schiffe sind daher noch voll als Segler ihrer jeweiligen Klasse getakelt. Das verteuert die ganze Angelegenheit nochmals. Ich sehe diese Geschichte daher so: Wenn eines Tages die Entwicklung soweit ist, dass wir hier in Schweden größere und schnellere Schiffe für den weltweiten Verkehr unter Dampf brauchen, dann werden wir sie uns bei den damit vertrauten Werften bauen lassen. Aber bis dahin ist es noch ein weiter Weg. Noch gibt es für den normalen Einsatz eines Dampfers im reinen Seehandel zu geringe Voraussetzungen. Wir brauchen also noch lange nicht nervös zu werden, wenn andere Reeder sich jetzt Dampfer bauen lassen. Natürlich dürfen auch wir den Zeitpunkt dafür nicht verpassen. Bis dahin werden wir aber unsere neuen schnellen Tiefwassersegler einsetzen und finanzielle Rücklagen bilden, um für die Zukunft vorzusorgen. Übrigens hat der Käufer unseres Getreidehandels in Stralsund kürzlich seine Tätigkeit um das Geschäft der Korrespondenzreederei erweitert. Schaden kann er uns damit nicht, denn sein Geschäft sind in der Hauptsache pommersche und mecklenburgische Schiffer, die Parten an ihren eigenen Schiffen verkaufen. Dabei handelt es sich zurzeit nur in wenigen Fällen um größere Tiefwassersegler. Diese Entwicklung müssen wir aber auch im Auge behalten. Um nochmals auf den Einsatz von Dampfern im Transatlantikverkehr zurückzukommen: Das lohnt sich momentan nur, wenn genügend Passagiere auf Dauer zur Verfügung stehen. Wenn ich da unser jetziges Schweden sehe, muss ich feststellen, dass wir nur einen geringen Bedarf haben. Wir werden unsere schnellen Großsegler daher weiterhin mit

Räumen für Passagiere in gering begrenzter Anzahl ausstatten lassen. Wir haben uns übrigens schon einmal vor Jahren über den Einsatz von Dampfern unterhalten. Schon damals kamen wir zu der Erkenntnis, dass sich der Einsatz von Dampfern im reinen Seehandel noch nicht lohnt. Inzwischen sehen wir, dass noch keine wesentliche Veränderung im Verhältnis der Anzahl Segelschiff zu Dampfschiff eingetreten ist. Meine Einschätzung war also richtig. Auf Dauer gesehen wird aber im Rahmen der technischen Entwicklung in den fortgeschrittenen Ländern sicher mit einer größeren Zunahme von eisernen Schiffen mit Dampfantrieb zu rechnen sein. Ich schätze den Beginn dieser Umwälzung im Seeverkehr in etwa zehn Jahren ein. Es wird dann wohl auch noch eine gewisse Zeit lang eine Periode geben, in der sich der Bau großer eiserner Segler lohnen wird, da im Eisenschiffbau die Konstruktion des Schiffskörpers mehr Raum für die Fracht lässt.

So Willi, das war jetzt aber mal ein langer Vortrag von mir, wie ich mir die künftige Entwicklung der Seeschifffahrt vorstelle. Das alles kann aber nur mit einer allgemeinen Entwicklung von Wirtschaft, Technik, Wissenschaft und Forschung vorangehen. Für heute soll es aber genug sein."

Kapitel XVII

Am Sonnabend, den achtzehnten März des Jahres 1843, lief die Schonerbark *Stadt Barth* von Setubal in Portugal mit einer Ladung Salz und Wein kommend, in den Hafen von Malmö ein. Zuvor hatte das Schiff den Winter über im Mittelmeer verbracht. Nun war die Crew des Schoners erfreut, endlich wieder in heimatlichen Gewässern zu sein. Etwa zehn Tage würde das Löschen der Ladung in Anspruch nehmen. Danach würde man wohl bis zum Herbst in der Nord- und Ostsee operieren. Der Reeder war inzwischen von der Ankunft seines Schiffes benachrichtigt und begab sich sofort zum Hafen, um Kapitän Friedrich Möller persönlich zu begrüßen. Nach dem freundlichen Empfang an Bord und einem kleinen Umtrunk im Salon des Kapitäns ließ sich Martin Jachtmann zunächst den mündlichen Bericht des Kapitäns erstatten, bevor er die Überprüfung des Schiffstagebuches und des Abrechnungsjournals vornahm. Die Prüfung der Abrechnung ergab, dass der Schoner im Jahr 1842 bis zur Übernahme und Bezahlung der Ladung in Setubal einen Überschuss von siebentausend Talern erwirtschaftet hatte. Es war ein gutes Ergebnis und der Reeder zeigte sich zufrieden. Immerhin käme ja noch der Gewinn aus dem Erlös der Fracht aus Portugal dazu. Im Anschluss an diese dienstlichen Obliegenheiten verkündete Martin Jachtmann, dass der Schoner nach Löschung der Fracht in Ballast nach Rostock versegeln müsse, um dort eine Ladung Weizen für Hull zu übernehmen. Auf dieser Reise werden ihn der Reeder und der Kapitän Freese als Passagiere begleiten. Es geht darum, zunächst einen Fähr- und

Schleppdampfer in Rostock zu besichtigen und die Tauglichkeit eines ähnlichen Schiffes für einen Einsatz im Hafen von Göteborg einzuschätzen. Auf der Reise nach England wird der Schoner auf der Reede von Malmö kurz Station machen und zumindest den Reeder wieder an Land setzen

Martin informierte seinen Schwager Wilhelm Freese, dass man gemeinsam auf der Schonerbark *Stadt Barth* nach Rostock segeln würde, um sich den dort im Einsatz befindlichen Dampfer anzusehen und die Kosten für den Einsatz eines ähnlichen Schiffes für den Einsatz im Hafen von Göteborg einzuschätzen, Alles Weitere müsse sich dann in Rostock ergeben. Eventuell müsse Wilhelm mit nach Hull fahren und sich dort vor Ort auf einer Werft umzusehen. Vielleicht könne es ihm gelingen, einen günstigen Kontrakt für den Bau eines Dampfschiffes auszuhandeln. Der ganze Einsatz würde einschließlich der Fahrt nach Rostock und des dortigen Aufenthaltes, sowie der Weiterfahrt nach Hull und schließlich der Rückkehr mit einer vollen Ladung Kohle nach Malmö, etwa sechs Wochen in Anspruch nehmen.

„Willi ich hoffe, dass mich deine Frau nicht zur Schnecke macht, dass ich dich für solch eine lange Zeit wieder in die Unwägbarkeiten der Seefahrt schicke. Aber was sein muss, muss sein. Du bist ja mit dem Einsatz von Dampfmaschinen schon erfahren. Ich habe volles Vertrauen, dass du diese Aufgabe bestens erledigen wirst."

Am Donnerstag, den dreißigsten März 1843, war der Schoner *Stadt Barth* seeklar für die Reise in Ballast nach Rostock. Gegen zehn Uhr ertönte vom Schiffer das Kommando zum

Loswerfen der Festmacherleinen Der leichte nordwestliche
Wind füllte die gesetzten Rah- und Gaffelsegel, langsam kam
Bewegung in den schlanken Schiffskörper und immer
schneller werdend strebte der Schoner der Hafenausfahrt
entgegen. Am Heck standen neben Kapitän Möller auch der
Reeder Martin Jachtmann und sein Schwager Wilhelm Freese.
Man winkte noch einmal zu den Familienangehörigen hinüber,
die sich am Bollwerk des Hafens zur Verabschiedung
eingefunden hatten, dann wandten sich die Herren dem
Geschehen an Bord zu. Zu oft in ihrem Leben hatten die
Seeleute solche Abschiedsszenen erlebt, als dass sie bleibende
Eindrücke bei ihnen hinterließen. Die jetzige Reise sollte ja
auch schließlich nicht von langer Dauer sein. Zunächst würde
man also den Hafen von Rostock anlaufen und dort Weizen für
den ostenglischen Hafen Hull ankaufen und laden. Während
der Kapitän des Schoners und seine Crew sich dort mit der
Übernahme der Fracht beschäftigen, werden sich während der
Hafenliegezeit Martin Jachtmann und sein Schwager Wilhelm
mit den Erkundigungen zum Einsatz des Rostocker Dampfers
beschäftigen. Nur mit Mühe hatte sich Wilhelm Freese von
seiner Familie loseisen können. Seine Ehefrau Katherina war
nicht erbaut davon, dass ihr Ehemann für die von Schwager
Martin geschätzte Einsatzzeit von etwa sechs Wochen fern
blieb. Ein Trost verblieb indes, es würde in absehbarer Zeit
nicht wieder vorkommen. Für Martin Jachtmanns Familie
waren solche Reisen ihres Familienoberhauptes allerdings
nichts Neues. Zu oft musste er als Reeder und als
Aufsichtsratsvorsitzender der Malmö-Handelsgesellschaft
kurze Reisen nach Dänemark, Holland, England, Norwegen

und im Inland nach Göteborg und Stockholm unternehmen. Das Nachrichtenwesen entsprach nicht den Erfordernissen der Zeit. Überall in den entwickelten Ländern wurde geforscht, wie sich die schnelle Übermittlung von Nachrichten verbessern ließe. Bisher gab es jedoch noch keine brauchbaren Ergebnisse. So musste man lange und mitunter auch gefährliche Reisen zu Lande und zu Wasser unternehmen, um Sachverhalte nachzuprüfen, Geschäfte abzuschließen, oder wichtige Informationen zu erhalten. So war es jedenfalls auch im vorliegenden Fall des Einsatzes eines Dampfschiffes im Hafen von Rostock.

Mit halbem Wind aus westlicher Richtung segelte der Schoner auf Kurs Süd die mecklenburgische Küste an und erreichte gegen Mittag des nächsten Tages die Ansteuerung von Warnemünde. Das Lotsenboot lag auf seiner Warteposition und nach Anforderung mittels Flaggensignal seitens des Schoners kam der Lotse an Bord. Da der mäßige Wind langsam auf Westnordwest drehte, kam der Schoner mit guter Fahrt gegen die auslaufende Strömung der Warnow voran. Zwei Stunden später lag das Schiff fest vertäut am Bollwerk des Stadthafens in Rostock. Noch bevor die Einklarierung des Schoners durch die Hafenbehörden erfolgte, machte Kapitän Möller seine beiden Passagiere darauf aufmerksam, dass der von ihnen gesuchte Dampfer gegenwärtig am Bollwerk der Uferstraße unterhalb der Petrikirche läge. Von hier aus könne man nur seinen Schornstein erkennen, der zwischen den am Ufer vertäuten Handelsseglern etwas hervorragt. Es blieben ja noch etwa zwei Stunden bis zum Dunkelwerden und vielleicht könne man noch jemand an Bord des Dampfers antreffen, der

Auskunft zu dem Schiff geben könne. Nach der Abfertigung durch die Hafenbehörde machten sich dann Martin und Wilhelm unverzüglich auf den Erkundungsweg. Nach einigen Minuten Fußweg waren sie an der Anlegestelle des Dampfers angekommen. Für die Rostocker Bevölkerung war dieses Schiff keine Besonderheit mehr und so konnten die beiden Herren aus dem schwedischen Malmö ungehindert von anderen Schaulustigen den Dampfer zunächst vom Bollwerk aus betrachten.

„Siehst du Willi, von der Größe her sollte unser Dampfer auch in etwa diesen Abmaßen entsprechen, aber unser Schiff sollte doch wesentlich anders aussehen. Dieser Kahn hier ist ja noch aus Holz gefertigt und hat Seitenräder. Der eigentliche Schiffskörper ist lang und schmal. Wird dieser Dampfer als Schlepper eingesetzt, so wird er bei seitlichem Zug leicht in starke Krängung geraten. So wie es aussieht ist der Schlepphaken feststehend und kann nicht geslippt werden. Das kann bei seitlichem Zug leicht zum Kentern des Schleppers führen. Wir müssen darauf achten, dass bei unserem Dampfer ein völlig neues System der Schleppeinrichtung zum Einsatz kommt. Das müssen wir dann mit der Bauwerft noch absprechen. Außerdem müsste unser Dampfer keine Reling, sondern ein stabiles Schanzkleid haben. Zum Schutz von Personen an Deck oder von Skylights und Niedergängen müssten stabile eiserne Bügel das Deckshaus vor der gespannten Schleppleine schützen. Übrigens, als ich vor Jahren schon mal etwas über diesen Dampfer gelesen hatte, hieß er noch *Rostock Packet*. Jetzt steht hier an seinem Bug und am Heck der Name *Stadt Rostock*. Soviel wie ich weiß, ist dieser Dampfer 1834 in Glasgow gebaut worden. Seine Besitzer sollen mit ihm damals aber nicht recht zufrieden gewesen sein. Er konnte vierundzwanzig Lasten tragen und die Maschinenleistung betrug vierundzwanzig Pferdestärken. Wie sich herausstellte war der Dampfkessel für die Maschine viel zu groß ausgelegt und so verbrauchte das Schiff viel zu viel Kohle. Täglich wurde ungefähr eine Last Kohle verbraucht. Allmählich gerieten die Eigner dieses Dampfers immer mehr in Schulden. Vor drei Jahren wurde das Schiff von den Gläubigern beschlagnahmt. Bei der Zwangsversteigerung erhielt die Reederei Paepke für zweitausendfünfzehn Taler den Zuschlag. Der neue Reeder ließ das Schiff sofort in Lübeck umbauen. Jetzt wurde ein Kessel eingebaut, der mit der Maschine in einem richtigen Verhältnis stand. Aber was ich vorhin schon mal sagte, die Krängungen des Dampfers waren auch weiterhin ein Missstand und verleideten den Passagieren das Mitfahren und die Ursache dafür ist sicherlich der sehr schmale Schiffskörper mit seinen breiten Radkästen. So Willi, so viel zur bisherigen Geschichte dieses Dampfers. Nun wollen wir aber mal sehen, ob noch jemand an Bord ist, der uns noch einige Auskunft erteilen kann."

Sie überlegten gerade noch an Bord des Dampfers zu gehen, als sich am vorderen Niedergang das Schott öffnete und ein älterer Seemann mit Schiffermütze an Deck erschien. Er hatte die beiden schon eine Zeitlang durch das Bulleye seines Logis beobachtet und schloss aus ihrer Gestik und Mimik sowie aus ihrer anständigen Kleidung, dass es sich um irgendwelche Fachleute handeln müsse, die sich aus beruflichen Gründen für den Dampfer interessierten.

„Hallo!" rief er die beiden Herren an. „Interessieren sie sich für den Dampfer?!"

Jetzt übernahm Wilhelm Freese die Konversation.

„Ja, wären Sie in der Lage uns einige Auskünfte zum Betrieb dieses Dampfers zu geben? Ich bin der Schiffer Freese aus Malmö und der Herr neben mir ist der Reeder Jachtmann ebenfalls aus Malmö. Wir sind extra mit einem unserer Schoner aus Malmö hier, um uns diesen Dampfer anzusehen und um zu erkunden, welche Erfahrungen bisher mit dem Schiff gesammelt wurden. Die Abmessungen des Schiffskörpers, sowie des Dampfkessels und der Maschine sind uns bekannt. Wir können daraus schließen, dass die Leistung beim Schleppen eines Großseglers wohl doch etwas größer sein müsste. Nachteilig ist sicher auch der schmale Schiffsköper mit den großen Radkästen. Da wir vorhaben, uns für den Hafen von Göteborg in England einen Schlepper anzuschaffen, wären wir an mit diesem Dampfer hier gemachten Erfahrungen sehr interessiert. Können Sie uns in dieser Hinsicht eventuell behilflich sein?"

„ Ich glaub schon, dass ich Ihnen behilflich sein kann, denn ich bin der Schiffer dieses Dampfers. Kommen Sie doch bitte zu mir an Bord, dann brauchen wir nicht so laut zu reden, dass man es von hier bis zum Markt hören kann."

Die beiden Herren stiegen also an Bord und der Schiffer des Dampfers machte zunächst einen Rundgang mit ihnen auf dem Oberdeck. Während des Rundgangs erklärte er, wie der Arbeitstag hier im Rostocker Hafen für ihn und seine Crew abläuft. Dann lud er sie in sein Logis ein. Dort holte er eine Flasche Mecklenburger Korn aus seinem Spind sowie drei

Gläser und schenkte zunächst ein.

„Auf Ihr Wohl meine Herren! Endlich habe ich mal Besucher an Bord, die was von der Schifffahrt verstehen. Auch ich war mal Schiffer auf einer kleinen Brigg, die hier in Rostock gebaut wurde. Eine längere Krankheit zwang mich, meine Anteile an der Brigg zu veräußern. Da kam mir das Angebot der Rostocker Kaufmannschaft gerade recht, als Schiffer eines Dampfers für den Dienst auf der unteren Warnow Dienst zu tun. Das ist ja nun auch schon wieder etliche Jahre her. Zu Anfang lief es mit diesem Pott nicht so, wie man es sich hier vorgestellt hatte. Erst nach dem Umbau in Lübeck läuft der Betrieb, abgesehen von Wartungspausen und kleineren Reparaturen, ganz ordentlich. Im Winter ist hier aber fast gar nichts los. Das ist wohl in der ganzen Ostsee so. Sie werden es als Schiffer und Reeder ja selber wissen. In der übrigen Jahreszeit gibt es aber fast jeden Tag etwas zu tun. Das Fahrwasser der Warnow ist schmal und nicht sehr tief. So nehmen doch größere Segler unsere Schleppdienste gern in Anspruch. Eigentlich hatte ich früher auch mal `ne Abneigung gegen Dampfer, aber wenn man älter wird und ein Angebot wie dieses hier bekommt, ist man ganz froh, wenn man hier alt und grau werden kann. Ja, mein Logis ist ja man sehr klein, aber ich bin ja auch jeden Abend wieder zuhause bei meiner Familie. Den großen unwägbaren Abenteuern der Seefahrt habe ich für immer ade gesagt. Zum Wohle! Übrigens machen wir morgen früh eine Tour mit Passagieren nach Kopenhagen. Als zahlende Passagiere sind Sie gerne an Bord willkommen. Während der Tour können Sie sich alles an Bord im Fahrbetrieb ansehen. So sind Sie sicher auch viel schneller wieder zuhause. Morgen früh um acht Uhr fahren wir von hier aus los. Wir haben Kabinen für erste und zweite Klasse und Restauration an Bord. Insgesamt können wir hundertachtzig Leute mitnehmen. Natürlich nicht alle in Kabinen. Von hier bis nach Kopenhagen werden wir etwa zehn bis zwölf Stunden brauchen Nun, was sagen Sie?"

„Willi was meinst du, wollen wir mitmachen? Eigentlich ist das die beste Sache. Wir können den Dampfer im Fahrbetrieb erkunden und wir sind auch schnell wieder zuhause. Unser Schoner braucht hier noch ungefähr eine Woche zum Übernehmen der Fracht. Ich schlage vor, dass wir morgen mit nach Kopenhagen reisen und von da wie üblich mit der Fähre rüber nach Malmö. Auf dem Schoner sagen wir Bescheid, dass er dich auf der Ausreise nach England in Malmö aufnimmt. So hat deine Katharina noch wieder ein paar Tage ihren Willi wieder zuhause!"

„ Das ist eine richtig gute Idee von dir Martin. Meine Sachen können ja auf dem Schoner bleiben. Wir werden am besten gleich rüber gehen und Möller Bescheid sagen."

Dem Schiffer des Schleppers sagten sie zu, dass sie als zahlende Passagiere mit nach Kopenhagen fahren. Zwar wäre das nicht ihre erste Dampferfahrt, aber immerhin die erste Fahrt, auf der sie sich alles an Bord ansehen könnten.

Als sie gegen halb acht am nächsten Morgen am Liegeplatz des Dampfers erschienen, waren schon einige Passagiere an Bord. Sie wurden vom Schiffer persönlich empfangen und lösten die Tickets gegen entsprechendes Entgelt. Auf dem Dampfer war inzwischen lebhafter Betrieb. Der Dampfkessel war schon vor einiger Zeit angeheizt und hatte inzwischen schon fast den Betriebsdruck erreicht. Gemeinsam mit dem Schiffer stiegen die beiden Herren nun in den Maschinenraum. Hier unten war es nicht gerade geräumig. Ein Maschinist mit einer Ölkanne füllte die Gleitlager der Maschine mit Öl auf, während der Heizer das Feuer unter dem Kessel und das Manometer im Auge behielt. Kurz vor acht Uhr begab sich der Schiffer auf seinen Kommandostand, einer Laufbrücke zwischen den beiden Radkästen. Am Starthebel der Maschine im Maschinenraum ertönte durch ein Sprachrohr vom Kommandostand an Deck ein Pfeifton und der Maschinist zog den Stöpsel mit der Pfeife. Dann meldete er nach oben, dass die Maschine klar sei für den Betrieb. Der Stöpsel wurde wieder eingesetzt, um das nächste Kommando zu empfangen.

Ein Getriebe für das unterschiedliche Laufen der Schaufelräder gab es hier nicht. Das Manövrieren des Dampfers wurde dadurch stark beeinträchtigt. Martin machte seinen Schwager darauf aufmerksam, was bei dem Lärm, den Kessel und Maschine verursachten, gar nicht so einfach war.

„ Willi, das unterschiedliche Drehen der Schaufelräder ist bei dieser Maschine nicht möglich. Das wird das Manövrieren in engen Hafenbecken sehr erschweren. Dieser Dampfer kann mit der vorhandenen Maschine nur voraus oder rückwärts laufen, alles andere muss mit der Ruderlage geregelt werden.“

Eigentlich hatten sie nun hier unten alles gesehen, was sie sehen wollten. An Deck erörterten sie nochmals, was ihnen aufgefallen war.

„ Weißt du Martin was mir gleich aufgefallen war, als wir auf dem Oberdeck waren? Der Käpt`n sagte doch, dass er hundertachtzig Leute mitnehmen kann. Ich weiß nicht, wo er die hier alle unterbringen will und was würde passieren im Falle der Gefahr, zum Beispiel der Kahn säuft ab? Hast du hier irgendetwas von Rettungsmitteln gesehen? Das wäre das Eine, das Andere wäre die Sache mit dem Maschinengetriebe. Das ist mir auch gleich aufgefallen. Bei den Sundfähren in Kopenhagen ist das alles schon viel moderner, die können ja fast auf der Stelle drehen, wenn ein Schaufelrad vorwärts und das andere Rad rückwärts läuft. Außerdem haben die Sundfähren eine Art Telegraph zur Kommandoübermittlung von der Kommandobrücke zur Maschine und in umgekehrter Richtung."

„Ja Willi das ist mir natürlich auch aufgefallen. Wenn du nach England kommst, musst du das alles schon beim Entwurf unseres Schleppers beachten. Personenbeförderung machen wir nur eingeschränkt in den Fjorden um Göteborg. Unser Hauptzweck ist das Ein- und Ausbringen von Seglern. Dieser Kahn kann uns natürlich nicht als Vorbild dienen. Wir brauchen etwas völlig Neues. Trotzdem finde ich es interessant, dass wir diesen Dampfer mal im Betrieb erleben können. So langsam müsste ja nun die dänische Küste in Sicht kommen. Übrigens: Kabinen für Passagiere brauchen wir nicht für unseren Schlepper vorsehen. Dafür könnte mehr Platz für den Maschinenraum und für die Kohle geschaffen werden. Auch die Räume für die Mannschaft könnten geräumiger sein. So, nun lass uns man wieder an Deck steigen. Wir müssten jetzt langsam Gedser querab an Backbord haben. In etwa sechs Stunden müssten wir bei dieser Fahrt in Kopenhagen sein. Wenn wir dann gleich eine Fähre nach Malmö erwischen, werden unsere lieben Frauen aber sehr erstaunt sein, dass wir schon wieder da sind."

.

Seitenraddampfer „Stadt Rostock"
(Fotoausschnitt aus Dudszus-Köpcke, „das große Buch der Schiffstypen" Verlag transpress)

Als der Dampfer am Sonnabend, den ersten April, gegen

sechs Uhr abends Kopenhagen erreichte, hatte bereits die Abenddämmerungszeit eingesetzt. Wilhelm und Martin mussten sich beeilen, um noch eine Fähre nach Malmö zu erwischen. Gegen sieben Uhr abends erreichten sie Malmö. Sie hatten nur wenig Gepäck zu tragen, nahmen sich aber trotzdem eine Droschke, denn insbesondere Martin hatte einen längeren Weg vor sich. So wurde zunächst Wilhelm vor seinem Haus abgesetzt, bevor die Kutsche sich auf den Weg zu Martins Villa im Vorort Fridhem begab.

Zuhause angekommen, war die Verwunderung groß, dass der Hausherr nach so kurzer Zeit schon wieder zurückgekehrt war. So musste Martin zunächst erklären, was es mit seiner äußerst kurzen Reise für eine Bewandtnis hatte:

„Wir waren ja am Donnerstag gegen zehn Uhr am Vormittag hier mit unserem Schoner ausgelaufen und erreichten am Freitagnachmittag den Rostocker Hafen. Dort hatten wir sofort noch vor dem Festmachen schon den Dampfer gesichtet, der unser eigentliches Ziel war. Nachdem unser Schoner einklariert war, begab ich mich mit Willi zum Liegeplatz des Dampfers. Zunächst haben wir uns den Kahn mal gründlich von außen angesehen und darüber gesprochen, was bei unserem in England neu zu bauenden Dampfer alles anders sein müsste. Als wir damit fertig waren, zeigte sich der Kapitän des hiesigen Dampfers und stellte sich, soweit ich mich erinnere, als Kapitän Kreplin aus Rostock vor. Wir beide stellten uns ebenfalls vor, worauf wir von ihm an Bord eingeladen wurden. Auf all unsere Fragen gab er uns ausführliche Antworten, die uns völlig überzeugten, dass ein Schiff in dieser Bauweise für uns nicht in Frage kommt. Willi und ich hatten ja schon vorher abgesprochen, welche Forderungen wir an ein Dampfschiff stellen, dass für den Schlepp- und Fährdienst im Hafengebiet von Göteborg vorgesehen werden soll. Als Kapitän Kreplin uns berichtete, dass er am nächsten Morgen eine Fahrt mit Passagieren nach Kopenhagen machen sollte und uns dazu einlud, überlegte ich nur kurz und sagte zu. Was ich wissen wollte, wusste ich ja nun und eine Betriebsfahrt würde mir den Rest an Erkenntnissen bringen. Mit Willi sprach ich ab, dass er zunächst mit mir nach Hause kommt. Unser Schoner wird noch etwa zehn Tage in Rostock bleiben und Weizen für England laden. Auf der Fahrt nach England wird er hier eine kurze Pause auf Reede einlegen und unseren Willi wieder an Bord nehmen. Das haben wir dann am Abend mit unserem Kapitän Möller abgesprochen, der sicher auch ganz froh war, uns erst mal wieder los zu werden. So kommt es, dass wir heute am Morgen mit dem Dampfer *Stadt Rostock* nach Kopenhagen schipperten und jetzt wieder zuhause sind."

„Martin, ich bin froh, dass du wieder heil und gesund zu Hause bist. Auch Mutter und unsere beiden Kinder werden sich sehr freuen, dich wieder zu sehen. Obwohl du ja nur so kurze Zeit weg warst, haben unsere Kleinen schon gefragt, wann du endlich wieder da bist. Ich hatte mich natürlich schon gedanklich damit abgefunden, dass du zwei Wochen unterwegs bist, umso mehr freue ich mich, dass du so schnell wieder da bist. Katherina wird sich natürlich auch wundern, dass Willi so schnell wieder zurück ist, aber er hat seine Tour nach England ja noch vor sich."

Es war ja nun eigentlich schon Schlafenszeit für die Kinder, aber Martin ließ es sich nicht nehmen, seine kleinen Lieblinge noch vor dem Einschlafen zu begrüßen. Der neunjährige Friedrich-August fragte noch ob der Papa jetzt wieder zuhause bleibt, was der beruhigend bejahte. Die sechsjährige Susann-Christina war ebenfalls noch wach und wartete voller Ungeduld, weil auch sie schon die Stimme ihres Papas gehört hatte. Jetzt bat sie ihn um eine Gute Nacht Geschichte und Martin erfüllte ihr diesen Wunsch.

Kapitel XVIII

Es sind immer noch unruhige Zeiten in Europa und in der übrigen Welt. Gerade war die wirtschaftliche Krise von 1847 überwunden, da brachen revolutionäre Bewegungen besonders in den mittel- und südeuropäischen Ländern aus. Von diesen Bewegungen blieb man in Schweden so gut wie unberührt, aber die ökonomischen Auswirkungen machten sich auch hier negativ bemerkbar. Allerdings hatte das politische Geschehen in den Nachbarländern auf die schwedische Handelsschifffahrt, die sich kontinuierlich weiter entwickelte, kaum Auswirkungen. Ein positiver Schub war bereits im Jahr 1846 zu spüren, als die englischen Korngesetze fielen. In den Krieg Dänemarks gegen den Deutschen Bund im Jahre 1849 (Schleswig-Holsteinische Erhebung) mischte sich das schwedische Königreich nicht ein, es blieb neutral. Um nicht in kriegerische Auseinandersetzungen in der Nord- und Ostsee verwickelt zu werden, setzte Martin Jachtmann die Schiffe seiner Reederei vorwiegend im Fahrtbereich der Levante und des Atlantiks ein. Er hatte jetzt gemeinsam mit seinen Schwägern fünf eigene Großsegler, eine große Brigg und zwei Schonerbarken in seiner Reederei. Dazu kamen noch vier weitere Großsegler und drei größere Schoner, die er als Korrespondenzreeder betreute. Im Hafen von Göteborg wurde ein aus England angekaufter eiserner Schraubendampfer als Fähre und Schlepper von Wilhelm Freese erfolgreich eingesetzt. In Schweden setzte sich der Kapitalismus in den vierziger Jahren des neunzehnten Jahrhunderts immer stärker als neue Gesellschaftsform durch. Besonders in der

Eisenherstellung und in der umfangreichen Holzwirtschaft wurde die kapitalistische Produktionsweise eingesetzt. Verstärkt kam es jetzt zu Auswanderungen der überschüssigen Landbevölkerung. Das bekamen insbesondere die größeren Reedereien vermehrt zu spüren. Die großen Segler erhielten jetzt umfangreiche Ein- und Aufbauten zur Unterbringung von Passagieren im überseeischen Verkehr nach Nordamerika. Hier hatte Martin Jachtmann bereits rechtzeitig im Jahr 1839 im kleineren Umfang mit kleinen Salonaufbauten auf seinen Großseglern reagiert. So langsam wuchs nun der Druck durch die wachsende Auswanderungswelle mit noch schnelleren Schiffen zu reagieren. Hier kamen jedoch nur größere Dampfer in Betracht. Martin Jachtmann hielt den Zeitpunkt für die Anschaffung von Dampfschiffen aber für noch verfrüht. Er wollte den Gesellschaftern der Malmö - Handelsgesellschaft vorschlagen, noch etwa drei Jahre abzuwarten und dann mit zwei Schiffen zugleich einen Liniendienst nach den USA zu eröffnen. Da im Jahr 1849 die englische Navigationsakte durch das Parlament in London aufgehoben wurde, kam sein Vorschlag erfolgreich bei seinen Gesellschaftern an. Zunächst konnte man mit den vorhandenen Schiffen durch die Aufhebung der Navigationsakte auch im überseeischen Handel mit England erfolgreich Kapital ansammeln, um davon die finanziellen Mittel für die Anschaffung von Dampfschiffen bereit zu stellen. Weitere Großsegler wurden vorerst nicht mehr auf Kiel gelegt. Die Reederei war 1849 und in den Folgejahren sehr erfolgreich. Sie konnte mit ihrem Schiffsbestand alle Fahrtbereiche der Weltmeere abdecken. Die Dependance der Malmö-Handelsgesellschaft im Hafen von Göteborg hatte sich als ein großartiger Erfolg erwiesen. Über den 1832 fertiggestellten Göta-Kanal hatte man für die Binnenschifffahrt die Verbindung zwischen dem Seehafen Göteborg mit dem schwedischen Hinterland hergestellt. Eisenbahnen gab es zu dieser Zeit in Schweden noch nicht.

Kapitel XIX

Martin Jachtmann hatte jetzt ein Alter von neunundvierzig Jahren erreicht, Er stand nun im Zenit seines Arbeitslebens und musste so langsam an seine Nachfolge denken. Sein Sohn Friedrich- August befand sich zur höheren schulischen Bildung in einem Internat in Kopenhagen. Er war jetzt fünfzehn Jahre alt und sollte eine kaufmännische Laufbahn einschlagen. In den Ferien und an den Wochenenden übernahm sein Vater die weitere Ausbildung. Für die zwölfjährige Tochter Susann-Christina hatte man eine Hauslehrerin eingestellt. Neben der Vermittlung höheren Wissens sollte das Mädchen auch auf eine ihrem Stand entsprechende Rolle in der Gesellschaft vorbereitet werden. Luise Jachtmann unterrichtete ihre Tochter im Fach Musik und erzog sie zu einer Liebhaberin der schönen Künste. So hatte jeder in der Familie Jachtmann umfangreiche Aufgaben wahrzunehmen und die Tage, Wochen und Jahre vergingen wie im Fluge. Im Jahre 1847 war Charlotte Waterstraat nach kurzer schwerer Krankheit verstorben. Ihrem Wunsch gemäß wurde sie nach Ahrensfelde überführt und dort auf dem kleinen Waldfriedhof an der Seite ihres 1838 verstorbenen Ehegatten beigesetzt.

Martin Jachtmann war am Ende der vierziger Jahre des neunzehnten Jahrhunderts nur noch selten in seinem Büro bei der Handelsgesellschaft in Malmö zu finden. Zwar nahm er noch immer seine Position als Aufsichtsratsvorsitzender wahr, aber die Aufgabe als Großreeder erforderte seinen ganzen Einsatz. Häufige kürzere Geschäftsreisen nach Stockholm, nach Kopenhagen, nach Göteborg und zu den norddeutschen

Häfen Hamburg und Bremen unterbrachen immer wieder seine alltägliche Routine. Allmählich übertrug er immer mehr Aufgaben auf die Schwager Wilhelm und Gustav. Ein großes Hindernis für die Reederei und für die Malmö-Handelsgesellschaft stellte die Nachrichtenübermittlung dar. Börsennachrichten aus den USA waren bei ihrer Veröffentlichung in Europa gegenwärtig etwa zwölf Tage alt. Schiffe auf See konnten ohnehin nicht auf Börsennachrichten reagieren. So konnte man nur auf Grund von Einschätzungen der jeweiligen Lage handeln. Da es gegenwärtig in Schweden noch keine Eisenbahnen gab, waren natürlicherweise auch die Reisen zu Lande mit Beschwernissen und viel Zeitaufwand verbunden, obwohl ein gut ausgebautes Straßennetz zur Verfügung stand. Durch Veröffentlichung von Beiträgen in führenden dänischen und schwedischen Tageszeitungen erfuhr Martin Jachtmann dass es einem Amerikaner mit Namen Morse gelungen war, ein gut funktionierendes Telegrafensystem zu erfinden und erfolgreich auch auf größeren Entfernungen einzusetzen. Bald darauf konnten Telegrafenleitungen nach dem System Morse zumindest auch auf dem europäischen Kontinent zunächst mehrere Hauptstädte und größere Häfen miteinander verbinden. Es war lediglich noch nicht gelungen, ein transatlantisches Seekabel zu verlegen. Immerhin war es jetzt möglich, von Malmö aus mit Göteborg, Kopenhagen und vielen anderen Städten Nachrichten mittels des Morsealphabetes auszutauschen. Es war ein gewaltiger Fortschritt und wurde auch als solcher entsprechend gewürdigt.
Im Jahre 1852 waren die meisten revolutionären Erhebungen

in Europa von den reaktionären Kräften niedergeschlagen. Auch die Schleswig-Holsteinische Erhebung gegen Dänemark hatte mit einem Sieg Dänemarks im Jahr 1851 geendet. Für Schweden war dieser Ausgang nur deshalb von Interesse, weil nun vorerst wieder friedliche Verhältnisse im Bereich der unmittelbaren Nachbarschaft herrschten. Unruhe kam jetzt an einer ganz anderen und weit entfernten Stelle in Europa auf. Der russische Zar Nikolaus wollte im Jahr 1853 die Gunst der Stunde nutzen, in der die europäischen Großmächte durch die revolutionären Erhebungen in ihren Ländern geschwächt waren, um im Orient Gebietserweiterungen Russlands durchzusetzen. In Russland selbst war die revolutionäre Erhebung mit seiner Macht niedergeworfen. Er betrachtete Preußen und Österreich nicht mehr als europäische Großmächte, sondern als von Russland abhängige Staaten und Frankreich sowie England schätzte er so ein, dass sie zu dieser Zeit weder fähig noch in der Lage seien würden, sich gegen seine Absichten zur Wehr zu setzen. Die Türkei schätzte Nikolaus so ein, dass sie sich nahe der Auflösung des Reiches befände. Er beabsichtigte, die Donaufürstentümer, Serbien und Bulgarien als selbständige Staaten loszureißen und unter russischen Schutz zu stellen. England lehnte jedoch eine Teilung der Türkei ab. Weitere diplomatische Bemühungen Russlands brachten trotz der Zurückhaltung der Westmächte in dieser Angelegenheit nicht den gewünschten Erfolg. Am zweiten Juli des Jahres 1853 marschierte eine vierzigtausend Mann starke russische Armee unter dem Befehl Gortschakows in die Donaufürstentümer ein. Unter dem Druck der mohammedanischen Bevölkerung erklärte der türkische Sultan

Abd ul Medschid am vierten Oktober den Krieg an Russland. Das war jetzt also der Beginn des Krimkrieges, der allen unmittelbar Beteiligten viel Elend und Blut kosten sollte.

die wichtigsten Schauplätze des Krimkrieges 1853-1856
(aus Wikipedia)

Seit dem Frühjahr 1853 ankerten größere Flottenabteilungen Englands und Frankreichs in der Besikabai. Die Schiffe dieser Flotten liefen jetzt unter den Verhältnissen der zugespitzten Lage zwischen Russland und der Türkei in den Bosporus ein. Eine russische Flotte unter Admiral Nachimow vernichtete am dreißigsten November 1853 eine türkische Flotte bei Sinope am Schwarzen Meer. Daraufhin wies Zar Nikolaus einen Friedensvorschlag der Wiener Konferenz hochmütig zurück. Jetzt ließen England und Frankreich ihre Flottenkräfte in das Schwarze Meer einlaufen. Sie schlossen am zwölften März 1854 ein Bündnis mit der Türkei. Österreich und Preußen leisteten Russland keinen Beistand. Sie forderten die Räumung der Donaufürstentümer von den Russen. Bei Nichterfüllung der Forderung würden sie es als Kriegsfall ansehen. Währenddessen wehrten sich die türkischen Kräfte tapfer gegen den russischen Überfall. Sie brachten den Russen große Verluste bei. Am einundzwanzigsten Juni 1854 mussten die Russen die Belagerung der Festung Silistria nach einem Verlust von zwölftausend Mann aufgeben. In dem nun aufkommenden Kampf mit England und Frankreich mussten sich die Russen auf die Defensive beschränken. Flottenkräfte der Westmächte konnten in der Ostsee nicht viel ausrichten. Es wurde hier lediglich die eher unbedeutende Festung Bomarsund auf den Alandsinseln am sechzehnten August 1854 erobert. Die russische Ostseeflotte zog sich hinter die Festungsmauern von Kronstadt zurück. Das Landheer, bestehend aus vierzigtausend Franzosen und zwanzigtausend Engländern, sammelte sich im Juni 1854 auf der Halbinsel Gallipoli und kam im Juli 1854 nach Warna. Da sich die Russen bereits nach Bessarabien zurückgezogen hatten, entschlossen sich die Befehlshaber Saint Arnaud und Raglan zu einem Angriff auf die Krim. Das Ziel war, die Festung Sewastopol einzunehmen und die russische Schwarzmeerflotte zu vernichten. Die Landeoperation auf der Krim wurde am vierzehnten September 1854 erfolgreich in der Bucht von Eupatoria durchgeführt. Die Überrumpelung Sewastopols und der russischen Flotte misslang jedoch, weil die Russen durch die Versenkung ihrer Flotte die Hafeneinfahrt der Festung gesperrt hatten. Die Verbündeten mussten sich damit begnügen, die Bucht von Balaklawa zu besetzen und die Festung von der

Südseite anzugreifen.

Alle diese Ereignisse waren in der westlichen Welt durch die Presse bekannt. Martin Jachtmann zog den Schluss daraus, dass sich der Krieg auf der Krim noch länger hinziehen würde. Engländer, Franzosen, das mit ihnen verbündeten Sardinien und auch die Türken würden zur Verstärkung der Belagerung und der Versorgung ihrer Truppen viel Schiffsraum benötigen. Die Malmö-Handelsgesellschaft reservierte jetzt vor allem Hafer, Stroh und Heu für die Versorgung der zahlreichen Pferde der Kavallerie und für die Zugtiere des Trosses. Ein Glücksfall für die Reederei Jachtmann war es, dass man im Oktober 1853 noch den eisernen Schraubendampfer *Malmö* von der englischen Werft in Hull, in der auch schon der Dampfschlepper für Göteborg gebaut wurde, noch auslieferte. Man würde ihn, wenn die Alliierten es wünschten, mit voller Ladung oder als Truppentransporter im Krimkrieg einsetzen. Da man auch eigene Großsegler voraussichtlich dort einsetzen würde, könnte der Dampfer *Malmö* bei ungünstigen Wetterbedingungen zumindest auch die eigenen Segler durch den Bosporus schleppen.

Die Alliierten veröffentlichten in ihren großen Tageszeitungen ab September 1854 Aufrufe zur Bereitstellung von Schiffsraum für die Versorgung ihrer Truppen auf der Krim. Jetzt war eine Gelegenheit für viele Reeder gekommen, mit ihren Schiffen richtig Geld zu verdienen. Das nahm natürlich auch die Reederei Jachtmann wahr, die sich auf diese Aktion schon intensiv vorbereitet hatte. Im Familienrat beschloss man, alle verfügbaren Schiffe den Alliierten zur Verfügung zu stellen. Die Malmö-Handelsgesellschaft rüstete die eigene

Flotte und die Charterschiffe mit Versorgungsgütern aus und schickte sie noch Ende September in Richtung Schwarzes Meer.

Cossac-Bay Balaclava 1855 (Krimkrieg – Wikipedia)

Ende November trafen die ersten schwedischen Schiffe in der Bucht von Balaklawa ein. Diese Bucht ist nur etwa zehn Kilometer von Sewastopol entfernt. Sie ist vor den Stürmen, die oftmals urplötzlich auf dem Schwarzen Meer auftreten, geschützt und kann sehr viele Schiffe aufnehmen. In dieser Bucht herrschte großer Andrang an den Entladestellen. Die Engländer fingen sofort nach ihrer Anlandung an, eine Eisenbahnlinie zu ihrem in der Nähe liegenden Armeelager zu bauen.   Sicher hätte man auch gleich zu Beginn der Kampfhandlungen auf der Krim die Festung Sewastopol aus der Bewegung heraus erobern können, doch die Befehlshaber der Alliierten waren zu dieser Erkenntnis nicht fähig. So zog sich die Belagerung der Festung noch über ein Jahr lang hin.

Während dieser Zeit waren die Versorgungsschiffe unermüdlich im Einsatz. Auf der Hinfahrt wurden Versorgungsgüter aller Art mitgenommen, während auf der Rückfahrt verwundete und gefallene Soldaten an Bord mitgenommen wurden. Natürlich blühte bei diesem unübersehbaren Gewimmel an Schiffen auch der Schmuggel. Für die Reeder lohnte sich das Geschäft. Viele Kapitäne der Korrespondenzreedereien im herzoglichen Mecklenburg und im preußischen Vorpommern verdienten in diesem Krieg so viel, dass sie nach Beendigung desselben, am dreißigsten April 1856, nach der Unterzeichnung des Friedensvertrages in Paris weitere Schiffe zum Bau in Auftrag geben konnten. Martin Jachtmann hatte jedoch in weiser Voraussicht bedacht, dass in ein bis zwei Jahren viel zu viel Schiffsraum für den Handel über See zur Verfügung stehen würde. Überwiegend würde es sich dabei um Tonnage im unteren bis mittleren Bereich und um Segler nach herkömmlicher Bauweise handeln. Jetzt müsste man den Gewinn aus dem Krimkrieg in den Erwerb von eisernen Dampfschiffen mit Schraubenantrieb stecken. In Mecklenburg und an der Küste Vorpommerns hatte man die Zeichen der Zeit jedoch nicht beachtet. Der Korrespondenzreeder C.A. Beuger in Stralsund nahm alle Anteilseigner an Schiffen unter Vertrag, die sich bei ihm meldeten, so wurde er zeitweilig bis Mitte der Siebziger Jahre der größte Reeder Preußens, bis es zu seinem völligen Niedergang kam.

Nach dem Ende des Krimkrieges vergab die Reederei Jachtmann einen weiteren Auftrag für den Bau eines eisernen Schraubendampfers nach England. Nach der Fertigstellung dieses Dampfers im Jahre 1857 hatte man nun zwei Schiffe neuester Bauart mit denen man den Linienverkehr zwischen den USA und Göteborg aufnehmen konnte. Auf der Reise von Göteborg nach New York wurden schwedische Auswanderer befördert und auf der Rückfahrt nahm man Weizen für England als Fracht an Bord. In England wurde Steinkohle für Göteborg oder für Kopenhagen geladen. Auf längere Sicht rentierte sich dieses Geschäft sehr gut, sodass man in den Sechziger und Siebziger Jahren modernere Dampfschiffe in der neueren Stahlbauweise in Dienst stellen konnte.

Inzwischen befand sich Martins Sohn zum Studium der Ökonomie und der Rechtswissenschaften auf der Universität in Kopenhagen. Nebenbei hatte er die dänische und die englische Sprache erlernt. Im Jahre 1857 schloss er sein Studium erfolgreich ab und kehrte nach Malmö zurück. Hier trat er in die Kanzlei seines Vaters ein. Seine Kenntnisse auf dem Gebiet der Rechtswissenschaften, gepaart vor allem mit seinen Kenntnissen der schwedischen, dänischen, deutschen und der englischen Sprache waren eine große Hilfe für die Geschäfte der Reederei Jachtmann. Friedrich-August interessierte sich stark für die Entwicklung ökonomischer Dampfschiffe. So war ihm bekannt, dass der Norddeutsche Lloyd sein neuestes Schiff *Bremen* im Jahre 1858 auf seine erste Reise von Bremen nach New York schickte. Kessel und Dampfmaschinen dieses Schiffes kennzeichneten den damaligen Entwicklungsstand. Ihre vier Kofferkessel mit 1,25 kp/cm² Überdruck, ihre

Niederdruckdampfmaschinen mit Einspritzkondensation und ihr Kohleverbrauch von 2,2 – 2,5 kg/PSih bei einer Leistung von 1300 PSi brachten sie auf eine Reisegeschwindigkeit von 8-9 kn bei einer Reisedauer von zwanzig Tagen. Dabei mussten etwa 1.300 bis 1.400 t Kohle zu Lasten der Nutzlast mitgeführt werden. Der hier abgebildete in England 1858 erbaute Dampfer war noch zusätzlich als Dreimastbark getakelt. Er benötigte rund zwanzig Tage von z.B. Bremen bis nach New York. 1858 war übrigens auch das Jahr, in welchem die erste Meldung durch ein Transatlantikkabel gesendet und empfangen wurde. Für den Schiffbau war es wichtig, dass das Bureau Veritas erste Bauvorschriften für den Bau eiserner Schiffe heraus gab. So machte dann die technische Revolution in den fünfziger Jahren des neunzehnten Jahrhunderts eine Zeit stürmischer Entwicklung durch.

Kapitel XX

Wir schreiben jetzt das Jahr 1860. Am siebenundzwanzigsten Mai dieses Jahres, der diesmal auf den Pfingstsonntag fiel, feiert Martin Jachtmann seinen sechzigsten Geburtstag. Aus Anlass dieses Jubiläums hatte er beschlossen, in Zukunft etwas kürzer zu treten und daher den Posten als Vorsitzender des Aufsichtsrates der Malmö-Handelsgesellschaft zu verlassen. Er teilte diesen Entschluss schriftlich dem Sekretär der Gesellschaft, seinem Schwager Gustav Bengtson, mit. In seinem Schreiben schlug er gleichzeitig vor, als neuen Vorsitzenden Oscar Bengtson mit dieser Funktion zu betrauen. Als Grund für sein Ausscheiden benannte Martin sein Alter und seine umfangreiche Tätigkeit als Reeder. Weiterhin äußerte er den Wunsch, dass sein Sohn in den Aufsichtsrat der Handelsgesellschaft aufgenommen wird, den er selber dann verlassen würde. Friedrich-August Jachtmann würde bei der Aufnahme in den Aufsichtsrat die Aktienanteile seines Vaters übernehmen. Die Reederei Jachtmann, deren Teilhaber auch Gustav Bengtson und Wilhelm Freese sind, hat beschlossen, sich von der Malmö-Handelsgesellschaft zu lösen, sich aber weiterhin vorrangig um die Belange der Gesellschaft in freundschaftlicher Zusammenarbeit zu kümmern. Soweit der wesentliche Inhalt seines Schreibens, welches er nach dem Osterfest, das in diesem Jahr auf den achten und neunten April fiel, Gustav Bengtson übergab.
Martin hatte diesen Schritt in Abstimmung mit dem Familienrat schon zu Beginn des Jahres 1860 erwogen. Jetzt also war der Zeitpunkt gekommen, dass er seinem Sohn einen

Teil der Aufgaben übertrug. Die Loslösung der Reederei von der Handelsgesellschaft und der Wechsel im Aufsichtsrat der Handelsgesellschaft sollten möglichst zum einunddreißigsten Mai 1860 erfolgen.

Zu seinem sechzigsten Geburtstag lud Martin Jachtmann alle Mitglieder des Aufsichtsrates der Malmö-Handelsgesellschaft mit ihren erwachsenen Töchtern und Söhnen zu einem festlichen Ball am Sonnabend, den sechsundzwanzigsten Mai, in seine Villa im Ortsteil Fridhem ein. Einladungen zu diesem Ball erhielten auch Familien einiger Honoratioren der Stadt Malmö, der Hafenverwaltung, des Zolls und einige Großkunden und Kapitäne der eigenen Reederei soweit sie sich mit ihren Schiffen in Malmö oder in Kopenhagen befanden. Man rechnete mit ungefähr achtzig Personen. Für die Durchführung dieses Events wurde eine Firma in Malmö beauftragt.

Der eigentliche Hintergedanke Martin Jachtmanns für diese große Festlichkeit war, passende Partner für seine Tochter und seinen Sohn zu finden, weil sich ansonsten im alltäglichen Leben dafür zu wenige Gelegenheiten ergaben. Die eingeladenen Damen hatten nur wenig Zeit, sich für diese Festlichkeit entsprechend vorzubereiten. So waren die Schneider in Malmö sofort mit Aufträgen ausgebucht. Einige Damen machten sich auch auf den Weg nach Kopenhagen, um sich dort entsprechend ausstaffieren zu lassen. Die Herren sahen die Aufgeregtheit ihrer Damen mit Gelassenheit. Die Familie Jachtmann und ihre Verwandten sahen dem ganzen Geschehen ebenfalls gelassen entgegen, sie alle hatten schließlich davon gewusst, dass es zu Pfingsten dieses Jahres eine entsprechende Festlichkeit geben würde.

Am fünfundzwanzigsten April, einem Mittwoch, gab es eine außerordentliche Vollversammlung des Aufsichtsrates der Malmö-Handelsgesellschaft. Die Tagesordnung beinhaltete das Schreiben Martin Jachtmanns vom zehnten April dieses Jahres, worin er um die Ablösung seines Postens als Vorsitzender des Aufsichtsrates und um die Aufnahme seines Sohnes in denselben bat, sowie die Loslösung des Reedereigeschäftes von den Geschäften der Handelsgesellschaft ankündigte. Die Anwesenden stimmten der Tagesordnung zu. Oscar Bengtson wurde zum neuen Vorsitzenden des Aufsichtsrates gewählt. Friedrich-August Jachtmann wurde als neues Mitglied an Stelle seines ausscheidenden Vaters in den Aufsichtsrat als Vollmitglied aufgenommen. Der Loslösung des Reedereigeschäftes von der Handelsgesellschaft wurde zugestimmt.

Nach dieser sehr wichtigen Aufsichtsratssitzung waren bis zum endgültigen Tag der Trennung des Reedereigeschäftes von der Handelsgesellschaft noch eine Menge Schritte zur einvernehmlichen Loslösung der beiden unterschiedlichen Geschäftsfelder zu tätigen. Hierfür erhielt Martin Jachtmann jedoch tatkräftige Unterstützung durch seine Schwager Gustav und Wilhelm, sowie durch seinen Sohn. So waren die Tage bis zum Pfingstfest überdurchschnittlich für die Herren mit Arbeit ausgefüllt und die Zeit verging wie im Flug.

Für Luise und für die Tochter Susann-Christina waren es ebenfalls arbeitsreiche Tage. Sie waren vollauf mit den Vorbereitungen der Festlichkeit beschäftigt. Hierzu gab es Besichtigungen und jede Menge Absprachen mit der Firma, die die Festlichkeit vorbereiten und abwickeln sollte. Außerdem waren da ja auch noch persönliche Einkäufe für Geburtstagsgeschenke und andere Aufmerksamkeiten zu erledigen. Martin Jachtmann hatte keine besonderen Wünsche bezüglich dieses runden Jubiläums geäußert. Alles das, was er sich in seinem bisherigen Leben immer gewünscht hatte, war in Erfüllung gegangen und musste nun nur noch für die Zukunft gesichert und möglichst erweitert werden. Dafür würde er jetzt gemeinsam mit seinem Sohn eintreten. Man würde ja sehen, ob das Fest Gelegenheit für die Tochter und den Sohn ergäbe, zarte Bande zu knüpfen. Er betrachtete übrigens insgeheim das geplante Fest als Jahrmarkt der Eitelkeiten.

Kapitel XXI

Nun war er also da, der Tag des Festes in der Villa der Familie Jachtmann im Ortsteil Fridhem in Malmö. Alle Vorbereitungen waren abgeschlossen. Das Grundstück war von außen festlich mit Fahnen und Girlanden geschmückt. Sogar das Wetter spielte mit. Die Sonne schien und es war schon fast sommerlich warm. Die Gäste wurden bereits für den Nachmittag gegen drei Uhr erwartet. Im großen Garten war der Pavillon für das Orchester des Stadttheaters vorbereitet. Vor dem Pavillon hatte man auf der Rasenfläche ein Tanzparkett aufgebaut. Sicherheitshalber hatte man für die Gäste die Kaffeetafel in einem Zelt eingerichtet, in dem jetzt die Seitenwände hochgebunden waren. Die ersten Gäste erschienen bereits eine halbe Stunde vor der vereinbarten Zeit. Es handelte sich dabei um die nächsten Verwandten Wilhelm Freese mit Ehefrau Katherina und um den dreiundzwanzigjährigen Sohn Christian. Dann fuhr der Vierspänner der Familie Bengtson vor. Ihm entstiegen Oscar Bengtson mit Ehefrau Eva und Sohn Gustav mit Ehefrau Elisabeth, sowie mit der ledigen dreiundzwanzigjährigen Tochter Victoria. Alle Gäste wurden durch den Empfangsdienst der Eventfirma in Empfang genommen und der Familie des Gastgebers zugeführt. Eine viertel Stunde nach drei Uhr waren schließlich alle Gäste anwesend und vom Personal an die namentlich gekennzeichneten Plätze geführt.
Das Orchester begann festliche Musik zu intonieren und langsam begann Ruhe unter den Anwesenden einzukehren. Nun war der Moment für die Rede des Gastgebers gekommen.

Martin Jachtmann erhob sich von seinem Platz und begann seine Rede wie folgt:

„ Keine Angst liebe Gäste, denn ich werde keinen wissenschaftlichen Vortrag über den Fortschritt auf allen Gebieten des gesellschaftlichen Lebens halten. Schließlich sind wir hier zusammengekommen, um gemeinsam zu feiern und uns des Lebens zu erfreuen. Ich feiere morgen meinen sechzigsten Geburtstag und ich denke, dass ich allen Grund zur Freude habe und an dieser Freude sollen sie ein wenig Anteil haben. Ich kann auf große Erfolge verweisen, die ich seit der Gründung der Handelsgesellschaft in Malmö gemeinsam mit meinen Schwagern Wilhelm Freese und Gustav Bengtson, sowie mit Oscar Bengtson, dem Notar Frederik Holmstad, dem Großhändler Karl Haderson, dem Großhändler Ingmar Lindberg, dem Großhändler Karl Westhaven, sowie mit der freundlichen Unterstützung der Stadtverwaltung Malmö, des Hafens, des Zolls und der Zweigstelle der schwedischen Reichsbank. erzielt habe. Ich hoffe doch, dass ich soeben bei meiner Aufzählung niemand vergaß, wenn allerdings doch, bitte ich darum, es mir zu verzeihen. Nun stehe ich wieder an einem Wendepunkt meiner Arbeit. Mit der Loslösung der Reederei Jachtmann & Co. von der Malmö-Handelsgesellschaft am einunddreißigsten Mai, also in den nächsten Tagen, stelle ich mich den umfangreichen Anforderungen, die in der Seeschifffahrt der nächsten Jahre auf mich warten. Hierbei möchte ich erwähnen, dass der Bau von Holzschiffen stark zurückgehen wird, dafür wird der Bau eiserner Schiffe weltweit stark ansteigen. Ansteigen wird auch hier in Schweden die Anzahl der Auswanderer in die USA. Die

Beförderung dieser Auswanderer werden wir möglichst mit unseren eigenen Schiffen vornehmen. Wie Ihnen bekannt sein dürfte, besitzt meine eigene Reederei bisher zwei eigene Dampfschiffe und mehrere große und moderne Tiefwassersegler, um im internationalen Maßstab mitzuhalten. Den Bau und den Ankauf hölzerner Segler haben wir eingestellt. Wir konzentrieren uns in Zukunft also nur noch auf den Eisenschiffbau für Dampfer und Großsegler. Was wir hier in Malmö noch gut gebrauchen könnten, wäre eine Großwerft, die unsere eigenen Wünsche und Ideen verwirklichen könnte.

Vielleicht ist das ein kleiner Denkanstoß für einige der hier Anwesenden, mal darüber nachzudenken. In der nächsten Zeit sollen ja auch die Pläne des Baues von Eisenbahnen mit viel Elan in unserem Land durchgesetzt werden. Es ist also für die Zukunft viel Arbeit nötig und dabei werden insbesondere die Städte an unserer Westküste stark anwachsen durch den Zuzug von überzähligen Arbeitskräften aus der Landwirtschaft, in der zurzeit ebenfalls eine umfassende Modernisierung stattfindet. Für die Zukunft wünsche ich mir, wie bisher schon, eine weitere gute Zusammenarbeit mit der Handelsgesellschaft, der Verwaltung der Stadt Malmö und anderen staatlichen Behörden. In diesem Sinne wünsche ich allen Anwesenden für diesen Abend gute Unterhaltung. Wie wird dieses Fest nun weiter verlaufen? Alles ist mir nicht bekannt, denn man hat noch einige Überraschungen parat. Jedenfalls wird das Orchester unseres Theaters noch bis gegen siebzehn Uhr konzertante Musik intonieren. Danach gibt es eine halbe Stunde Pause, in der sich die Musiker stärken können und danach gibt es für den ganzen Abend Tanzmusik. Gegen neunzehn Uhr wird das kalte Buffet in der Villa eröffnet. Gegen dreiundzwanzig Uhr und fünfundvierzig Minuten wird es ein Höhenfeuerwerk geben und danach kann weiter getanzt werden bis in den Morgen hinein, wozu ich viel Vergnügen wünsche und nun lassen Sie uns die Gläser erheben! Zum Wohle !"

Kapitel XXII

Wie von Luise und Martin insgeheim erhofft, hatten sich ihr Sohn und ihre Tochter auf dem Fest nach passenden Partnern umgesehen. Es war für die beiden ja auch nicht weiter verwunderlich, standen sie doch im Brennpunkt des Interesses bei potentiellen Schwiegereltern. Martin hatte schon recht mit seinen Gedanken im Vorfeld des Festes, dass es sich hierbei um ein kleines Beispiel für einen Jahrmarkt der Eitelkeiten handeln würde, wie ihn schon der englische Schriftsteller William Makepeace Thackeray im Jahr 1848 in seinem Roman *Vanity Fair, a   Novel without a Hero (deutsch: Jahrmarkt der Eitelkeiten)* beschrieb. Auf diesem Fest waren vorrangig Vertreter des aufstrebenden schwedischen Bürgertums zugegen, das hier seinen Wohlstand zur Schau stellte. Allerdings hatte Martin Jachtmann dabei nicht bedacht, dass auch er jetzt zu dieser Schicht gehörte.

Ende

217

Erläuterungen zum Text

Ahmings	Marken am Bug und Heck zur Bestimmung des Tiefgangs
Back	Aufbau auf dem Vorschiff der nach oben durch das Backdeck abgeschlossen wird
Backbord	linke Schiffsseite
Backstagsbrise	von hinten wehender Wind
Bark	drei- bis fünfmastiges-, mit Ausnahme des letzten Mastes rahgetakeltes Segelschiff
Besteck	Schiffsort nach geographischer Länge und Breite bestimmen
Beting	im Schiff festverankerter Pfosten
Etmal	zwischen zwei Mittagsbestecks zurückgelegte Strecke
brassen	herumholen der Rahen um den Mast
Faden (engl.)	1 Faden= 6 Fuß = 1,83 m
Fuß schwed.	1 Fuß = 0,297 m
Gangspill	Spill mit senkrechter Welle u. einsetzbaren Spillspaken
Gangway	am Schiff angebrachte Brücke zum Betreten und Verlassen desselben
Gräting	in diesem Fall Gitterplatte aus hartem Holz
Kaplaken	Zuschlag zur Heuer des Kapitäns
Kupferfester Rumpf	= auf Rumpf genageltes Kupferblech gegen Schiffsbohrwurm

Last	hier Gewicht etwa 2000 Kg
Last	Raum zur Aufbewahrung von Segeln und anderen Materialien
lee	dem Wind abgewandt
Legerwall	an der Leeseite des Schiffes liegende Küste
luv	dem Wind zugewandt
Oberlicht	festes oder zu öffnendes Fenster für Aufbauten und Deckshäuser zur Tageslichtbeleuchtung und Belüftung
Reede	Vorhafen
Rigg	Bemastung und Betakelung
Roof	auf Seglern Logis der Mannschaft
Süll	senkrechte Platte zur Umkleidung von Luken und Oberlichtern
Schandeckel	oberer Abschluss des Schanzkleides
Seemeile	1 Seemeile = 1852 m
Supercargo	Bevollmächtigter des Auftraggebers (Reeder)
Vollschiff	drei- bis fünfmastiges voll rahgetakeltes Segelschiff
Taler	1 Taler entspricht um 1873 etwa 3 Reichsmark Umrechnung in heutigen Goldpreis: 10 RM = 3,58423 g 900er Gold 1 RM = 0,358423 g 900er Gold 1 Taler= 3 RM =1,075269 g 900er Gold

Heutiger Wert:
1 Taler = 3 RM = 1,075269 g 900er Gold=53,76345 €
(ohne Berücksichtigung der Kaufkraft in der jeweiligen Zeit)

Taler Dänemark d.R.T. = 0,75 Taler Pr.Cour.
Pfund (Groß Br.1890)1Pfd= 20,429 Reichsmark (ca.6T/25 Sgr.)
Preise 1834

Weizen	1 Scheffel	1 T bis 1 T /6 Sgr
Roggen	1 ,,	27 Sgr bis 1 T
Hafer	1 ,,	13 Sgr bis 16 Sgr
Erbsen	1 ,,	1 T bis 1 T/ 2 Sgr
Gerstgraupen	1 ,,	3 T/6 Sgr
Kartoffeln	1 ,,	6 Sgr bis 10 Sgr
Butter	1 Pfund	5 Sgr

Heuersätze Beispiel Brigg *Wilhelmine* 1842

Schiffsjunge	4	Taler	pro Monat
Jungmann	6	-	,, -
Koch	8	-	,, -
Matrose	8	-	,, -
Steuermann	12	-	,, -

Personenregister:
Martin Jachtmann *1800 Barth Schiffer/Kaufmann/Reeder
Luise Jachtmann geb.Waterstaat * 1811 Stralsund Martins
                                                    Ehefrau
Friedrich-August Jachtmann * 1834 Stralsund Sohn von

Martin und Luise

Susann-Christina Jachtmann   * 1837 Stralsund Tochter von
Martin und Luise

August Waterstraat * 1770 + 1838 Stralsund
Getreidehändler

Charlotte Waterstraat * 1771   Stralsund Augusts Ehefrau
+ 1847   Malmö

Wilhelm Freese   * 1801 Danzig Schiffer/Kaufmann/Reeder
  Katherina Freese geb. Waterstraat * 1813 Stralsund Wilhelms
Ehefrau

Christian Freese*1837 Malmö Sohn von Wilhelm u. Katherina

Gustav Bengtson * 1812 Malmö   Kaufmann/Reeder
Elisabeth Bengtson geb. Waterstraat * 1813 Stralsund
Gustavs Ehefrau

Oscar Bengtson * 1791 Malmö   Großhändler
Eva Bengtson * 1792 Malmö Oscars Ehefrau
Karl Kröger   Schiffer Galeasse *Flora* ,Schiffer Schoner
Die drei Schwestern

Wilhelm Krause Schiffer Brigg *Charlotte – Luise*
Gustav Schulze   Schiffer Bark *August Waterstraat*
Olav Berglund   Schiffer Vollschiff *Göta älv*
Gerhard Möller   Schiffer Schoner *Stadt Barth*